가족계약

가족 계약

1판 1쇄 인쇄 2025년 7월 9일
1판 1쇄 발행 2025년 7월 31일

글 한정영, 윤해연, 최이랑, 정명섭
발행인 손기주

편집팀장 권유선 **교정** 보리쌀
디자인 정진 **세무** 세무법인 세강

펴낸곳 썬더버드
등록 2014년 9월 26일 제 2014-000010호
주소 경기도 의왕시 정우길47, 2층
전화 02-6368-2807 **팩스** 02-6442-2807

© 2025, 한정영, 윤해연, 최이랑, 정명섭

ISBN 979-11-93947-40-1 43810

이 책은 저작권법에 따라 보호받는 저작물이므로 무단 전재와 복제를 금합니다.
내용의 전부 또는 일부를 이용하려면 반드시 저작권자와 출판사의 동의를 받아야 합니다.
잘못된 책은 구입한 곳에서 바꾸어 드립니다.

404는 썬더버드의 청소년 출판 브랜드입니다.

404는 책에 대한 멋진 아이디어와 좋은 원고를 기다리고 있습니다.
투고 및 기획 문의 sonkaya40@naver.com

가족계약

한정영
윤해연
최이랑
정명섭

차례

가족의 기원
한정영

7

노랑 구름은 뜨고 있다
윤해연

47

가족 계약
최이랑

81

새로운 가족
정명섭

121

가족의 기원

한정영

작가의 말

단 한 사람의 예외도 없이 우리는 누군가의 '가족'입니다. 삶이 거기에서 시작되었고, 그래서 믿고 용서하는 그 모든 일이 자연스럽지요.

하지만 지금까지와는 달리 앞으로 우리는 새로운 환경과 마주할 것입니다. AI가 삶의 전반을 지배하거나, 혹은 어떤 예측할 수 없는 재앙과 마주할 수도 있지요. 기후 위기, 전쟁, 바이러스……. 그런 세상은 우리가 지금 당연하다고 여기는 것마저 위태롭게 만들 수 있습니다.

그럴 때, 우리는 어떤 사람을 가족이라 부를 수 있을까요?

그 질문에 대한 답을 찾아보았습니다. 어느 날 희망 한 줌 없는 날이 우리에게 닥쳤을 때, 우리에게 가장 필요한 가족이란 어떤 모습일까. 어쩌면 그 대답은 지금도 필요할지 모릅니다. 가족이 굴레가 되지 않고, 그 본래의 의미에 충실해야 한다면, 우리는 누구를 가족이라 부를 수 있을까요?

- 한정영 -

"저 여자의 뒤를 쫓아!"

코크가 낮은 목소리로 내 귓가에 대고 말했다. 경전철에서 내려 사방으로 흩어져 가는 사람들 틈에서 나는 코크가 가리킨 여자를 어렵지 않게 발견했다. 초록색 나비 머리핀을 한 40대 후반의 여자였다. 유독 어깨가 처졌고, 걸음이 느렸다. 밤새 알파 시티에서 청소 노동자나 혹은 가사 도우미로 일하고 퇴근하는 사람이 아닐까 싶었다.

손에는 '알파 물류 센터'라는 글자가 인쇄된 종이봉투를 들고 있었는데, 제법 묵직해 보였다. 코크는 틀림없이 그것을 노리고 있었다. 알파 물류 센터는 알파 시티 밖에 거주하는 사람들이 그나마 유일하게 신선한 먹거리를 살 수 있는 곳이었으니까.

일단 여자를 따라붙었다. 여자는 역사를 빠져나와 계단을 내려갔고, 비둘기가 여기저기 앉아 있는 광장을 왼쪽으로 가로질렀다. 여자의 오른편 어깨 너머, 광장 끝 쪽에는 '가족처럼 돌보겠습니다. 거리의 청소년들은 케어 센터를 방문해 주세요.'라는 글자가 끊임없이 깜빡이는 전광판이 서 있었다.

"정신 바짝 차려! 아까처럼 실수하면 안 돼!"

옆에서 걷던 코크가 다짐을 주듯 말했다. 불과 30분 전의 실수가 내 탓이라는 의미가 잔뜩 들어 있는 말투였다.

하지만 그건 실수가 아니었다. 아까는 지금보다 더 나이가 든 노인의 가방을 빼앗으려 했지만, 눈앞에서 포기했다. 역사 맞은편 공원 입구 벤치에 앉아 있던 노인은 사실상 무방비 상태였다. 경쟁하는 트위치가 있던 것도 아니었다.

다가간 순간 노인에게 팔이 하나 없다는 것을 알아차렸다. 그 바람에 죽은 아빠가 떠올랐고, 나는 도리어 가방을 빼앗으려는 코크를 말릴 수밖에 없었다. 노인 역시 아빠처럼, 알파 시티의 블랙 존에서 일하다가 사고를 당했을지 모른다는 생각이 들어서.

나는 천천히 걸었다. 앞선 여자의 걸음이 빠르지 않았고, 주변을 살펴야 했다. 우리처럼 날치기를 하려는 또 다른 트위치가 있는지 경계해야 했고, 알파 시티 로봇 순찰대나 경찰의 눈길도 피해야 했다. 혹시 몰라서 고개를 들어 경계 드론이 있는지도 힐끗 살폈다. 다행스럽게도 아직 그 어떤 방해 요소도 보이지 않았다.

여자는 곧 큰길을 건너 재개발 B지구로 향하는 길을 따라 걸었다. 살짝 오르막이 시작되자 지나다니는 사람도 뜸해졌다. 나는 조금 용기가 생겼다. 아니, 용기를 내야 했다. 그래야만 한 끼를 해결할 수 있으니까. 운이 좋다면 며칠 동안 시민 밀키트를 살 수 있는 돈을 얻을 수 있을지도 모르고.

그때쯤 옆에서 걷던 코크가 내 옆구리를 찔렀다. 돌아보니, 고갯짓을 하고 있었다. 어른 흉내를 내느라 일부러 코밑을 검게 칠한 모습이 오늘따라 우스꽝스러워 보였다. 그러나 나는 웃음기를 빼고 고개를 끄덕였다. 동시에 걸음을 재게 놀렸다.

여자의 뒤에 바싹 붙어 걸었다. 그리고 큰길을 걷던 여자를 재빨리 골목 안쪽으로 밀었다.

"아악! 왜 이래요?"

여자가 소리를 질렀고, 그러거나 말거나 나는 여자의 손에서 종이봉투를 빼앗았다. 코크는 여자의 어깨에 걸려 있는 핸드백마저 낚아챘다. 그사이에 여자는 버둥거리다가 힘없이 넘어졌고, 나는 재빨리 봉투를 들고 뛰었다.

"잘했어. 그렇게 하면 되잖아."

코크가 나를 따라오며 웃었다. 나도 따라 미소를 지었다. 꽤 큰일을 해냈다는 생각에 나도 모르게 어깨가 으쓱 올라갔다. 한 번 저지르기가 어렵지, 도둑질이든 날치기든 일단 시작하면 못할 것도 없다는 생각마저 들었다.

그런 오기가 생겨서였을까, 나는 호기롭게 뒤를 돌아보았다.

그런데 이게 무슨 일일까? 소리라도 지르며 쫓아올 줄 알았던 여자는 얼이 빠진 모습으로 큰길을 건너고 있었다. 자동차들이 오가는 길이라 위험했지만, 여자는 멈추지 않았다.

빠빵! 빵빵빠아앙!

자동차의 거친 경적이 쉬지 않고 울렸다. 그러나 여자는 아무 상관 없다는 듯 그저 반대편으로 걸어갔다. 여자로부터 눈을 떼지 못한 나는 얼결에 그쪽으로 한 걸음 내딛고 말았다.

"위험해요!"

나도 모르게 중얼거렸다. 그러자 코크가 말했다.

"미쳤나 봐. 제정신이 아니야! 내버려두고 얼른 가자."

하지만 나는 여자에게서 눈을 뗄 수가 없었다. 찻길 건너 반대편은 절벽이었다. 그 생각이 스치자 나도 모르게 그쪽으로 뛰었다. 나쁜 생각이 스쳤기 때문이다.

"스카이, 뭐 하는 거야? 어딜 가?"

코크가 재빨리 따라오면서 내 팔을 붙잡았다. 하지만 멈출 수가 없었다.

아니나 다를까, 여자가 길을 다 건너더니 차도 옆 난간 위로 올라서고 있었다. 지나던 사람 그 누구도 여자를 붙잡지 않았다.

"안 돼요!"

나는 소리를 지르며 달렸다. 길을 건너고 난간을 따라 내려가며 아래쪽을 힐끗 보았다. 새파란 강물이 눈을 찔렀다.

"거기 멈춰요!"

나는 다시 한 번 소리를 지르며 더 빨리 뛰었다. 여자는 돌아보지 않았다.

뒤에서는 코크가 따라오면서 소리를 질렀다.

"내버려둬! 이러다가 순찰대라도 나타나면 우리 케어 센터에 끌려간다고. 그거 몰라?"

하지만 나는 끝끝내 달려가 막 난간 저편으로 넘어가려는 여자를 붙잡았다.

"왜 이래요? 도대체 왜 이러는 거예요?"

나는 여자의 팔을 당기면서 소리쳤다. 하지만 여자는 무표정했다. 두려움도, 놀라움도 없었다. 창백한 얼굴은 마치 옷 가게에 세워 둔 마네킹을 연상케 했다. 그뿐만 아니라 저항도 하지 않았고 밀쳐 내지도 않았다. 그래서 더 당황했고, 여자의 팔을 붙잡은 채 잠시 머뭇거렸다. 이 상황이 이해되지 않았다.

잠시 후, 정신을 차린 나는 들고 있던 종이봉투를 여자에게 내밀었다.

"이거 때문이라면……."

하지만 여자는 봉투를 받지 않았다. 내 얼굴만 멍하니 쳐다볼 뿐이었다. 그사이에 코크가 봉투를 다시 낚아챘다.

"스카이, 그냥 가자니까!"

지나가는 사람들을 의식했는지, 코크가 낮지도 높지도 않은 목소리로 말하며, 내 팔을 잡아당겼다.

그런데 그때, 여자가 코트 주머니에 손을 넣었다가 빼더니 지폐 몇 장을 건넸다. 그러면서 말했다.

"이것도 가져가."

낮고 차가운 목소리였다. 별것 아닌 말에 가슴이 서늘해졌다. 쉿소리 같은 목소리 때문이기도 했고, 느닷없이 돈을 내미는 이유는 더 알 수 없었으므로. 더구나 손에 쥔 돈은 2066년, 화폐 개혁 이후에 새로 나온 신권이었다.

*

"왜, 왜 이러시는 거예요?"

나는 반사적으로 입을 뗐지만 더듬거렸다.

이번에도 코크가 돈을 낚아챘다.

"필요 없다잖아. 어서 가자고!"

코크가 재촉했지만, 그래도 나는 움직일 수 없었다. 그사이에 여자가 말했다.

"너희들이 빼앗아 간 게 나와 우리 딸이 먹을 마지막 식량이었어. 나는 두 시간 전에 직장에서 해고되었고, 겨우 딱 하루치의 먹을거리를 살 수 있는 돈만 받아. 그런데 그걸 너희들이 빼앗아 갔어. 어차피 나와 내 딸아이는 곧……. 그래, 먹지 않아도 며칠 살아남을 수 있겠지. 하지만 그 이후는 장담할 수 없어. 왜 모두 내게 남은 작은 것까지도 빼앗아…….”

점점 목소리가 떨렸고, 마침내 여자는 뒷말을 잇지 못했다. 물론 나도 무어라 대꾸할 수가 없었다. 침을 꿀꺽 삼켰고, 비로소 처참하고 슬픈 표정이 된 여자의 얼굴이 눈에 들어왔다. 나는 코크가 들고 있던 종이봉투를 다시 빼앗아 여자에게 내밀었다.

"뭐 하는 거야? 이걸 돌려주면 우리가 굶어야 한다고. 내 말 몰라?"

물론 알고 있다. 전쟁이 끝난 지 고작 5년이 지났고, 여전히 도시는 어지러웠다. 먹을 것을 구하기 힘들었고, 먹거리가 있는 곳에는 강도와 도둑이 들끓었다. 아무리 알파 시티의 로봇 경찰이 거리에 넘쳐도 소용이 없었다. 하지만 그럼에도 불구하고 나는 도무지 여자의 종이봉투를 빼앗을 수가 없었다.

하필 그때였다. 여자의 어깨 너머 저편에, 순찰대 제복을 입은 남자 둘이 보였다. 옆에는 로봇 경찰관도 보였다.

휘이잇!

휘슬이 울렸고 순찰 대원 둘은 이편으로 빠르게 걸어왔다. 누군가 방금 전 여자가 벌인 소동을 신고한 모양이었다.

아!

나는 그제야 내가 무엇을 잘못했는지 깨달았다.

"이 바보 멍청한 자식아, 내가 뭐랬어! 넌 늘 마음이 약해서 탈이야!"

코크가 나를 원망하면서 말했다. 안절부절 어쩔 줄 모르며 주위를 두리번거렸다. 나 역시 마찬가지였다. 갑자기 온몸이 녹아내리는 듯한 느낌이었다. 순간, 케어 센터를 떠올렸기 때문이다.

이제 나와 코크는 불심 검문을 받게 될 것이고, 가족이 없는 떠돌이라는 것이 밝혀질 것이며, 그러면 꼼짝없이 케어 센터로 가야 할 것이다. 아니, 케어 센터에서 한 번 도망친 이력이 있다는 사실까지 밝혀지겠지. 결국 케어 센터에서 강제 교육을 받은 후에는……

그 뒷일은 생각하기도 싫었다.

거듭된 기후 재난과 전염병의 폭증, 뒤미처 식량난이 세계를 뒤덮었고, 그 바람에 곳곳에서 전쟁이 벌어졌다. 특히 미추홀 시티는 해안에 접해 있어서 피해가 심했다. 수많은 사람이 죽거나 다쳤으며 살아남은 사람들은 부서진 집에 들어가 겨우 잠을 청했다. 약육강식의 세상이 펼쳐졌다.

그런데 돈 많은 사람들은 가장 피해가 덜한 미추홀 시티의 북부 지역을 차지하고, 저희끼리 재빨리 새로운 도시를 건설했다. 그들은 가장 먼저 담을 쌓았으며, 외부인의 출입을 엄격히 통제했다. 그곳이 바로 알파 시티였는데, 불과 3년 전의 일이었다.

알파 시티에는 한참 건물이 들어서고, 새로운 길이 생기는 중이었다. 흔히 말하는 스마트 시티였다. 그 덕분에 알파 시티 밖, 구도심 사람들이 일자리를 얻기 시작했지만, 모두 거칠고 험한 일이었다. 건물과 도로 건설, 하수 처리 시설 건설 현장 등이 대부분이었다. 그곳을 블랙 존이라고 불렀다.

그 와중에도 알파 시티 당국은 값싼 노동력만을 원했다. 케어 센터도 그 때문에 만들어진 곳이었다. 알파 시티 당국에서는 부모 없는 아이들을 데려가 먹을 것과 잠자리를 주었다. 버려진 아이들을 가족같이 돌보겠다고 선전했다. 공부도 시켜 준다며 스스로 케어 센터를 찾아오라는 광고판을 곳곳에 붙여 놓았다. 하지만 새빨간 거짓말이었다. 시 당국에서 아이들에게 해 주는 교육이라는 건, 고작 블랙 존에서 일하는 데 필요한 기술을 가르치는 것뿐이었다. 그래서 아이들은 케어 센터를 노예 양성소라고 불렀다. 수많은 아이들이 가혹한 노동을 견디지 못하고 그곳을 탈출해 거리를 떠돌았다. 나도, 코크도 그들 중 하나였다.

순간 달아날까 생각했지만 발걸음이 떼어지지 않았다. 곧바로 순찰 대원들이 전기총을 쏘아 댈 테니까. 이러지도 저러지도 못하는 사이, 순찰 대원들이 다가왔다. 그 뒤편에는 거구의 로봇 경찰이 파란 눈을 깜빡이며 서 있었다. 나는 한 발 뒤로 물러났다. 코크도 팔을 잡아당겼다.

그런데 그때, 여자가 먼저 내 팔을 붙잡았다. 그러더니 나를 와락 끌어안았고, 곧바로 코크마저 끌어당겨 포옹했다.

"그럼 이제 엄마 말 잘 들을 거야? 다시는 엄마 속 썩이지 않겠냐고 묻는 거야."

"……?"

"어서 대답하지 못해! 한 번 더 엄마 몰래 부랑아들과 어울리면 이 다리 위에서 떨어지고 말 테다. 알겠어?"

여자는 목소리를 높였다. 남들이 들으라고 일부러 그러는 것이었다. 나와 코크는 어리둥절했고, 그런 중에 여자는 한 번 더 큰 소리로 말했다.

"아빠도 돌아가셨는데, 이 엄마는 이제 누굴 믿는단 말이니, 응? 너희 형제만 바라보고 사는데, 어찌 이리 말썽만 피우는 거야? 제발 엄마 말 좀 들으란 말이다! 알았지?"

그때쯤, 순찰 대원이 다가왔다. 그러더니 고개를 갸웃거렸다. 그걸 눈치챈 듯, 여자가 먼저 나서서 입을 열었다.

"경관님, 죄송합니다. 제 아이들이 너무 말썽을 부려서 그만 소란을 피웠습니다. 이제 괜찮습니다. 정말로 다리 아래로 떨어지려던 건 아니었습니다. 뭐 해? 아저씨들한테 죄송하다고 말씀드리지 않고!"

그러면서 여자는 나와 코크의 머리를 아래로 짓눌렀다. 그 바람에 나는 정말로 순찰 대원들에게 고개를 숙이는 꼴이 되고 말았다. 그때까지도 나는 순찰 대원이 통행증이나 가족 증명서를 내놓으라고 소리칠까 봐 조마조마했다.

잠시 후, 살짝 고개를 들었을 때 순찰 대원 둘이 고개를 갸웃거리고 있었다. 그러거나 말거나, 여자는 나와 코크를 끌어당겼다.

"동네 창피하게 이게 무슨 꼴이야? 어서 집으로 가, 어서!"

여자는 재촉하며 나와 코크의 등을 떠밀었다. 나는 얼결에 여자가 짚어 준 방향으로 터벅터벅 걸었다. 그러면서도 등 뒤가 계속 따가웠다.

꽤 시간이 지나서야 뒤를 돌아보았다. 저편에서 순찰 대원과 몇몇 사람들이 고개를 끄덕이며 이야기를 나누고 있었다. 별일 아니라고 생각한 모양이었다. 하긴 재개발 지구에서 자살 소동은 아주 흔한 것이었으니까. 어쩌면 그 때문에 구태여 나와 코크에게 가족 증명서나 통행증을 요구하지 않은 것일지도 몰랐다.

잠깐 동안 걸었다. 나는 여자 왼쪽 옆에서, 코크는 두어 걸음 떨어진 오른쪽 옆에서. 코크도 이런 상황이 어이없기는 마찬가지인지 말없이 그저 걷기만 했다.

마침내 야트막한 언덕길을 오르고, 가파른 골목 초입에 이르자 코크가 걸음을 멈추었다. 나와 코크가 멈칫거리자, 마치 기다렸다는 듯 여자가 말했다.

"다른 뜻은 없단다. 그냥…… 나도 너희 같은 아이가 있었을 뿐이야. 그 아이도 살았으면 케어 센터에 갔겠지. 거긴 너희들이 싫어하잖아. 어서 가."

그리고 여자는 돌아섰다. 하지만 그 말 때문에 더 쉽사리 움직일 수가 없었다. 여자는 마치 모든 것을 알고 있다는 투였기 때문이다. 종이봉투도, 돈도 돌려 달라고 하지 않았다. 그때, 코크가 팔을 붙잡아 끌었다. 어쩔 수 없이 뒤로 한 걸음 물러났다.

그즈음이었다. 차마 떨어지지 않는 발걸음을 붙박고 서 있는데, 언덕 위쪽에서 분홍색 드레스를 입은 소녀가 나타났다.

"엄마……?"

채 열 살이 되지 않은 듯한, 작은 아이였다. 야윈 데다가 땟자국이 선명한 옷 때문에 초라해 보였고, 제대로 빗지 않아 사방으로 삐죽삐죽 솟은 머리칼……. 무엇보다 한쪽 눈이 없었다. 그 바람에 나는 얼결에 이마를 찡그렸다.

"맞다, 엄마! 그런데 오빠야?"

아이가 한쪽 눈을 잔뜩 찡그리며 다가왔다. 동시에 여자가 앞으로 나서, 이쪽으로 달려오던 아이를 막아섰다.

"수나야, 왜 나왔어? 함부로 나다니지 말라고 했잖아."

"오빠들 데려온 거야?"

아이는 여자가 무어라 해도 같은 질문을 반복했다. 그리고 이쪽을 자꾸만 쳐다보았다.

"수나야, 그게…….""

"엄마는 거짓말쟁이가 아니었구나. 정말 오빠들을 데려왔어. 엄마가 말한 특별한 생일 선물이 오빠들이었구나."

한쪽 눈이 없는 아이, 아니 수나는 꾀죄죄한 얼굴로 밝고 환하게 웃었다. 그러더니 엄마 품에서 벗어나 대뜸 우리 쪽으로 달려왔다.

"어어…… 시우 오빠…… 그리고 건우 오빠? 맞지? 헤헤!"

수나는 손을 들어 나를, 그다음에는 코크를 가리키며 말했다. 그러고는 밝게 웃었다.

도대체 이게 무슨 일일까? 조금 전까지 일어난 일들도 느닷없었는데, 이번엔 '오빠'라니! 나는 어떤 표정을 지어야 할지조차 알 수 없었다. 그사이 수나는 한쪽 눈으로 나를 빤히 올려다보더니 팔을 벌렸다. '왜?'라고 물을 뻔했지만, 나는 그것이 안아 달라는 뜻임을 금세 알아차렸다.

얼결에 나는 팔을 벌린 수나를 들어 올렸다. 가볍디가벼웠다. 얼굴도, 머리도 정상이 아닌 것이 분명했다.

"저쪽이야, 저쪽!"

수나가 언덕 위쪽을 가리켰다. 낡고 부서진 집들이 눈에 들어왔다. 사람들은 지나다니고 있었지만, 그쪽에 사람이 살 만한 집이 있을까 싶을 정도였다. 그래서 더 걸음을 뗄 수 없었는지 모른다.

그때 여자가 나섰다.

"그래, 얼른 집으로 가자. 오빠들도 배고플 거야. 오늘은 수나 생일이니까, 알파 밀키트 해 줄게."

"정말이야? 야호!"

가족의 기원

"정말이고말고. 오빠들도 좋아한댔어."

여자는 나와 코크의 눈치를 보았다. 눈빛이 간절했다. 도와달라고, 말 대신 애타는 표정으로 나와 코크를 번갈아 쳐다보았다. 그 모습이 내게는, '너희들도 배고프잖아.'라고 말하는 것 같았다. 그 바람에 나는 두어 걸음 언덕 위쪽으로 걸었고, 기다렸다는 듯 수나가 코크에게 말했다.

"오빠, 어서 와! 책 읽어 줘. 헤헤!"

수나는 뒤편에서 못마땅한 표정을 짓고 있는 코크에게, 그다음에는 나를 가리키며 말했다. 뭐가 어떻게 돌아가는지 알 수 없었지만, 나는 어느새 언덕 위쪽을 향해 걷고 있었다.

*

……굿모닝은 마침내 불길로 뛰어들었습니다. 오래전 불난 집에 갇혀 있다가 가까스로 살아난 진돗개 굿모닝은 작은 불씨만 보아도 무서웠지만, 타오르는 불 속에 휩싸인 할아버지를 보고만 있을 수 없었습니다. 또다시 온몸이 불에 타 버릴지라도 할아버지를 구해야 했어요. 할아버지는, 굿모닝이 사람들에게 버려져 거리를 떠돌다 얼어 죽을 뻔했을 때, 손길을 내밀어 준 유일한 사람이었으니까요. 그리고 굿모닝을 소중한 가족으로 대해 주었…….

책을 읽어 주면서 나는 자주 수나를 쳐다보았다. 한쪽밖에 없었지만, 눈동자는 맑디맑았다. 발그레한 볼에 자꾸 손이 가려 했다. 그 바람에 나도 모르게 씩 웃었다. 그러자 수나가 마주 보고 더 밝은 미소로 답했다.
"다 읽었어? 끝난 거 아니지?"
내가 가만히 보고만 있자, 수나가 물었다.
"아니, 아니야. 계속 읽어 줄게."

뒤이어 쫑아와 해피도 뒤따랐지요. 그 둘도 거리를 떠돌다가 할아버지를 만나 한 가족이 된 지 얼마 되지 않았지요. 셋은 힘을 합쳐 불 속에 쓰러진 할아버지를 구해 냈답니다…….

그러나 나는 또 멈추었고, 읽다가 거듭 머뭇거렸다. 여전히 맑은 눈을 반짝이는 수나의 어깨 너머로 문 옆에 기대 선 코크가 보였기 때문이다. 코크는 아까부터 소리는 내지 않았지만, 거듭 재촉하고 있었다.
목걸이!
아까부터 그랬다.
집에 들어서자마자, 여자가 준 돈이라도 가지고 얼른 돌아가자는 코크를 겨우 돌려세웠다. 혼자라도 가고 싶으면 가라고 했더니, 그건 내키지 않는지 주저앉았다. '이번이 마지막이야. 네가 나를 구해 준 대가일 뿐이야.'라면서. 그리고 덧붙였다. '넌 마음이 약해서 탈이야! 우리 같은 애들은 자기 자신만 생각해야 해. 다시 한 번 말하지만, 네 말대로 하는 건 이번이 마지막이야. 정말 밀키트만 먹고 가는 거야.' 그렇게 주저앉고, 여자가 주방에서 시민 밀키트를 준비하는 동안, 집 이곳저곳을 기웃거렸다. 뭔가 훔쳐 갈 게 없는지 탐색하는 표정이었다. 그게 이상하거나 낯설지 않았다. 코크는, 아니 나 역시 그렇게 살아왔으니까.

그런데 코크는 여자가 밀키트를 만들기 위해 주방에 들어가자마자 나를 바짝 끌어당겨 말했다. 여자애의 목걸이를 가지고 나가자고. 내가 인상을 찌푸리자, '저 애 목걸이 말이야, 보석이야. 저거면 더 이상 거리 생활 하지 않아도 돼. 어떻게 이런 집에, 아니 저런 아이한테 저런 목걸이가 있지? 처음 만날 때부터 혹시나 했는데, 틀림없어.'라고 말했고, 내가 여전히 내키지 않는 표정을 짓자, '너 이런다고 뭐가 달라져? 따뜻한 한 끼 먹으면 그걸로 끝이야. 우린 다시 거리 생활로 돌아가. 나는 너 같은 동정심 없는 줄 알아? 네가 나를 구해 준 건 고맙지만, 더 이상 네 생각을 따를 수는 없어. 이 사람들을 왜 챙기는 건데? 가족이라도 돼? 너나 나나 앞으로 살아갈 방도가 있어야 할 거 아니야?'라고 말했다.

그 말에 나는 더 이상 코크를 설득할 방법이 없음을 깨달았다. 틀린 말이 아니었다. 케어 센터를 탈출한 뒤 거리에서 1년을 살

앉다.

　단 한순간도 마음 편히 잠을 청해 본 적도 없었고, 제대로 된 식사 한 끼 먹을 수 없었다. 알파 시티의 순찰대가 쫓아왔고, 나와 코크처럼 사람들의 물건이나 돈을 빼앗는 또 다른 트위치들도 항상 우리가 먹다 남긴 음식, 그리고 입은 옷과 신발을 노렸다. 먹을 것을 빼앗기면 며칠을 굶곤 했는데, 그러다가 거리에서 죽음을 맞이하는 아이들이 수도 없이 많았다. 코크도 그중 하나였다. 다른 트위치에게 먹을 것과 옷가지마저 빼앗기고 거리에 쓰러져 있었다.

　나는 코크에게 내가 가지고 있던 물과 음식을 주었고, 반쯤 벌거벗은 그와 옷을 나누어 입었다. 이름을 물었더니, 그는 자기 옆에 나뒹구는 콜라 캔을 쳐다보더니, '코크'라고 대답했고, 나는 마침 눈에 들어온 하늘을 잠깐 쳐다보며, '나는 스카이!'라고 대답했다.

　그 뒤로 코크와 나는 함께 다녔다. 둘이 마음만 맞는다면, 혼자 지내는 것보다 훨씬 안전했다.

　그때의 생각이 머릿속에 빠르게 스쳐 지나갔다. 어쩌면 코크의 말이 옳을 수도 있겠다는 생각이 들었다. 하지만 나는 섣불리 판단을 내리지 못했다. 이따금 수나의 목걸이를 힐끔거렸지만 차마 손을 뻗지 못했다.

　그런데 그때였다.

"오빠, 내 목걸이 좋아? 예뻐? 이거 수나가 준 거야."

"으응? 그게 무슨……."

나는 화들짝 놀랐고, 마음을 읽힌 것 같아서 제풀에 부끄러워졌다. 그 바람에 수나가 주었다는 말이 무슨 뜻인지 묻지 못했다. 그런데 무슨 생각에서인지 수나가 제 목에 걸려 있던 목걸이를 풀었다. 그러고는 내 팔을 붙잡아 자기 손바닥 위에 올려놓았다. 어떤 보석인지는 알 수 없었으나, 마침 창밖에서 들어온 햇살에 푸른빛을 냈다.

"수, 수나야……."

"수나 거야. 수나가 준 거야. 오빠, 이거 갖고 싶어?"

"응?"

수나의 말에 나는 고개를 갸웃거렸다.

그런데 그때, 문이 벌컥 열리더니 코크가 뛰어들었다.

"응, 오빠은 그게 갖고 싶어. 오빠한테 줄 수 있어?"

코크가 한 번도 본 적이 없는 교활한 미소를 지으며 수나에게 말했다. 그러자 수나가 대답했다.

"건우 오빠가 가져도 돼. 대신 나비 찾아 줄 거야?"

"나비?"

"고양이 말이야. 얼마 전까지 우리랑 살다가 집을 나갔는데 안 돌아와. 엄마가 그러는데 길을 잃었는지도 모른대. 오빠가 찾아 줄 수 있어?"

"그럼! 찾아 줄 수 있지. 그 목걸이만 주면……."

"안 돼! 그것만은 안 돼!"

수나와 코크가 몇 마디 주고받는데 이번엔 여자가 뛰어 들어왔다. 요리를 하다가 달려온 것인지 한 손에는 국자를 들고 있었다. 그 바람에 고소한 음식 냄새가 콧속을 자극했다.

그때쯤 이미 목걸이는 코크의 손에 들어갔고, 주먹을 움켜쥔 뒤였다.

"그것만은 안 돼! 돌려줘. 다른 건 다 가져가도 돼. 하지만 그건 안 돼. 수나가 마지막으로 남기고 간 거야. 그게 있어야 수나의 눈을 찾을 수 있어."

"대체 무슨 말을 하는 거예요? 이 아이가 수나라면서요? 그리고 눈이라니요?"

"그래, 이 아이가 수나야. 그러니까 그건 돌려줘. 내가 돈을 줄게. 아니, 나한테도 반지가 있어."

그러더니 여자는 손에 끼워져 있던 반지를 풀었다. 하지만 코크는 고개를 저었다.

"됐어요. 난 이것만 가지고 가면 돼요. 스카이, 어서 가자."

코크가 말했지만, 나는 움직일 수 없었다.

"스카이!"

코크가 소리를 지르는 바람에 나는 일어났지만, 선뜻 나서지 못했다. 그러자 코크가 다시 한 번 외치듯 말했다.

"스카이, 후회하지 마!"

그리고 코크는 재빨리 바깥으로 달려나갔다.

"안 돼! 그것만은 안 돼! 제발 돌려줘!"

여자는 코크가 사라진 문을 향해 소리치더니, 곧바로 코크 쪽을 향해 다가갔다. 그러자 코크가 품속에서 무언가를 꺼냈다. 자신을 지켜 주는 유일한 수호신이라고 했던, 사자 문양이 새겨진 날렵한 손잡이의 등산용 칼이었다.

"가까이 오지 마요. 날 따라오면 나도 어떻게 할지 몰라요."

그러자 여자는 멈칫거렸고, 내 쪽을 쳐다보았다. 도와 달라는 표정이었다. 어쩔 수 없이 나는 코크 쪽으로 걸어갔다. 그리고 낮은 소리로 말했다.

"코크……."

하지만 코크는 나를 향해 고개를 저었다. 완고해 보였다. 칼을 쥔 손이 파르르 떨리고 있었다. 나는 더 이상 다가가지 못했다. 그러자 코크는 천천히 문을 닫았고, 뒤미처 후다닥 뛰어가는 소리가 들렸다.

곧 여자가 털썩 주저앉았다. 그 옆으로 수나가 다가왔다.

"엄마…… 나 괜찮아. 목걸이 없어도 돼. 오빠가 책 읽어 주는 게 더 좋아. 괜찮아."

수나가 도리어 여자에게 달려가 어깨를 토닥거렸다. 그리고 나를 쳐다보았다. 하지만 나는 잠깐 눈을 마주하고 외면했다.

여자는 수나를 끌어안고 소리 없이 눈물을 흘렸다. 나는 무어라고 물어볼 엄두가 안 나서 가만히 지켜보기만 했다.

그러다가 문밖으로 한 걸음 내디뎠다.

그때 여자가 입을 열었다.

"작년에 7구역에 갔다가 수나를 만났어. 무너진 성당 한쪽에 오돌오돌 떨고 있는 걸 발견했지. 한사코 나를 따라왔어. 어차피 가족이 없던 나는 수나를 데려왔어."

"하아……."

나는 나가려던 발걸음을 멈추고 깊은숨을 내쉬었다. 그럼 수나도 여자의 딸이 아니었단 말인가. 여자가 말을 이었다.

"목걸이는 수나가 수나를 위해 선물해 준 거야."

"네?"

"수나는…… 복제 인간이야. 복제된 뒤 원체에게 눈을 주고 거리에 버려졌지."

"세상에……."

나는 허탈해졌다. 수나가 왜 모자라 보였는지 알 것 같았다. 알파 시티 사람들에게 분노가 치밀었다. 하지만 그런 분노가 아무런 소용이 없다는 것을 알고 있었다. 나는 이러지도 저러지도 못한 채 가만히 서 있었다. 그때 여자가 말했다.

"괜찮으면 밥은 먹고 가."

그 말이 나를 더 부끄럽게 만들었다. 지금이라도 달려 나가 코크를 붙잡아 와야 하는 거 아닐까. 그도 아니라면 목걸이만은 찾아와야 하는 거 아닐까. 아니, 내가 지금 여기서 뭘 하는 걸까. 나는 한낱 트위치에 불과한 것을! 수많은 사람의 가방을, 돈을, 옷을 빼앗고 훔쳤는데, 이제 와서 무슨 동정심일까.

결국 나는 돌아섰다. 그리고 천천히 문을 열고 나갔다. 그때 등 뒤에 대고 여자가 한 번 더 말했다.

"괜찮아. 밥은 먹어야지. 다 준비됐어. 어서 와."

*

하필이면 여자가 내어놓은 요리는, 돼지고기를 온갖 야채와 함께 토마토 소스에 볶아서 만든 알파 밀키트 7호였다. 한쪽이 깨지고 테두리가 검게 탄 흔적이 있는 커다란 접시에 담긴 요리는 보고만 있어도 먹음직스러웠다. 못해도 4~5인분을 함께 만든 것 같았다. 하지만 나는 요리뿐만 아니라, 막 봉지에서 뜯은 밥에도 손을 대지 못했다. 도리어 구토가 나려 했다. 그걸 보았는지 여자가 나눔 접시에 밀키트를 덜어 주었다. 그 바람에 나는 얼른 포크를 집어 들었지만, 선뜻 음식에 손을 대지 못했다. 여자의 눈치만 보았다.

그러자 수나가 포크로 음식을 콕 찍어 나에게 내밀었다. 하지만 나는 얼결에 고개를 돌리고 말았다. 숨이 막혔다.

나는 숨을 크게 몰아쉰 다음, 입을 열었다.

"엄마와 여동생은 3차 식량 전쟁 때 돌아가셨어요. 그 후에는 아빠와 둘이 살았어요. 아빠는 블랙 존에서 일하다가…… 시청 지하의 거대한 환풍기를 수리하다가 기계에 팔이 끼었죠. 현장에서는 겨우 살아남았지만, 후유증으로 한 달을 버티지 못했어요. 알파 시티에서는 아무것도 해 주지 않았어요."

내 말이 뜬금없었는지 여자는 음식에 손을 대지 못한 채 나를 쳐다보았다. 나는 말을 이었다.

"보상금도 치료도 받을 수가 없었어요. 아빠가 죽고 나서 밀키트 7호 세트 일주일분을 보내 준 것이 전부였죠. 그래서 차마 밀키트 7호는……."

"미안하구나."

"아, 아니에요. 그게 미안할 일은 아니죠. 그냥 제가 겪은 일일 뿐인걸요. 저보다 더 끔찍한 일을 겪은 사람도 많을 거예요. 아줌마도……."

여자는 정말 미안하다는 표정을 지었다. 그래서 나는 서둘러 손을 들어 홰홰 내저었다. 도리어 사과해야 할 사람은 내 쪽이었으니까. 나는 그저 트위치에 불과했고, 여자를 죽음의 위기에 빠뜨렸으니까. 그래서 미안했고, 억지로 앉아 있지만 바늘방석이었다. 이래도 되는가 싶고.

"잠시만……."

여자가 일어났다. 그러더니 다시 주방으로 갔고, 채 5분도 되지 않아 접시에 무언가를 담아 왔다.

"이거라도 먹어."

식탁 위에 놓인 것은, 거뭇하게 탄 식빵 3쪽과 스크램블드에그, 그리고 바짝 마른 베이컨이 담긴 접시였다. 그것마저 거절할 수가 없어서 나는 빵 하나에 스크램블드에그와 베이컨을 얹어서 한 입 베어 물었다. 그러자마자 여자가 말했다.

"나도 비슷한 경험이 있단다. 내 아이들과 밥을 먹고 있을 때, 살던 집에 폭탄이 떨어졌어. 그때 내 맞은편에 앉아 있던 아이가 천장이 무너지면서 떨어져 내린 콘크리트 더미에 깔렸지. 그때 그 아이는 내가 만들어 준 토스트와 계란프라이를 먹고 있었어."

여자는 제법 담담한 척 말했지만, 낮은 목소리 너머에는 무엇보다 깊은 슬픔이 배어 있었다. 알 것 같았다. 엄마와 여동생도 집으로 돌아오는 버스에서 숨을 거두었다. 식량 전쟁이 터지고 도시가 무방비 상태가 되었을 때, 곳곳에서 폭동이 일어났다. 버스는 폭도가 탄 트럭이 들이받아 전복되었는데, 곧바로 불이 나 승객 절반이 죽었다. 1년이 넘게 무정부 상태가 지속되는 바람에 그렇게 죽은 사람이 많았다. 그런 지옥에서 보통 사람들이 아무것도 하지 못하고 발만 동동 구를 때, 돈 있는 사람들만 재빨리 저희끼리 알파 시티를 만들어 담을 쌓았다. 그리고 경찰력을 보내 구도심까지 통제했다.

그 덕분에 지금은 비록 폭동은 일어나지 않았지만, 여전히 알파 시티 밖에서는 도둑질과 강도가 들끓었고, 굶어 죽었고, 서로 싸웠고…….

이런저런 생각이 머릿속을 떠다녔다. 그러다가 내린 결론은 더 이상 머무를 수 없다는 것이었다. 생글거리는 수나를 보고 있자니 더더욱 바늘방석이었다. 그런데 움찔거리는 것을 알았는지 여자가 말을 이었다.

"알아. 지금 사람들은 서로 돕고 위로하기엔 자신의 아픔과 고통이 더 크다는 거……. 의지할 부모도 없고, 형제도 없고. 그래서 어른들은 도둑이 되고 아이들은 트위치가 되었지. 더 어린 아이들은 팔려 가기도 하고……. 살아남을 이유보다 죽을 이유가 더 많은 곳이잖아."

"그래서 뛰어내리려고 했던 거예요?"

"너도 알겠지만, 이곳에서 살다 보면 하루하루, 아니 매 순간마다 생각이 달라져. 어떤 날은 끈질기게 살아남아야겠다 싶다가도 어느 순간에는 모든 희망이 사라져 버려."

대꾸는 하지 않았지만, 무슨 말인지는 알 것 같았다. 여자는 말을 이었다.

"문득 너희들이라도 그것으로 살아날 수 있다면 괜찮다고 생각했어. 그럼 나는 미련을 갖지 않아도 되니까."

"그게 무슨 말이에요?"

"내 아이들이 살아있다면, 너희와 같은 처지였을 거란 생각이 들었어. 너처럼 곱슬머리였거든."

"그래서 가진 돈마저도 내주신 건가요?"

재빨리 되묻는 나의 말에 여자는 고개를 끄덕였다.

"그래도 너는 나를 다시 살렸고, 오늘 하루만은 수나에게 가장 필요한 사람이 되었잖아."

"……?"

"수나한테 항상 그렇게 말했거든. 오빠가 있다고. 곧 올 거라고. 사실 저 아이는 내가 친엄마가 아닌 것도 모르는 아이야."

나는 나도 모르게 고개를 끄덕였다. 그럴 수밖에. 복제 인간에게 기억이란 게 있을 리 없었고, 그 누가 학습시킨 적도 없을 테니까.

나는 잠깐 수나를 쳐다본 다음 입을 열었다.

"그렇지만 저는 곧 떠나요."

나도 모르게 단호하게 말했다. 그편이 나을 것 같았다. 여자에게, 그리고 무엇보다 나 자신에게 공연히 희망 고문을 하고 싶지 않았다.

"괜찮아. 수나는 세상에 다시 없을 경험을 했어. 비록 잠깐이지만."

그 말에 목이 메었다. 그걸 눈치챘는지 여자가 말했다.

"어서 먹어. 조금이라도 먹고 가."

그 말에 나는 식빵을 크게 물어 입에 넣었다. 그걸 보더니 수나가 말했다.

"와! 오빠 볼이 빵빵해. 욕심쟁이!"

그 바람에 웃음이 나서 미소를 지었다. 그러나 가슴은 아리고 쓰렸다. 억지로 음식을 씹었지만, 자꾸만 쓴맛이 났다. 그래도 구토가 나오지 않은 게 다행이었다.

식사 시간은 천천히 아주 길게 이어졌다. 얼른 일어나 가야겠다는 생각이 머릿속에 가득하다 못해 흘러넘쳤다. 그러나 나는 선뜻 일어나지 못하고 머뭇거렸다. 왜인지 알 수 없었다.

*

……천 년이 넘었다는 은행나무는 샛노란 잎이 가득했다. 바람이 불자 그 은행잎이 비처럼 흩날렸다. 수많은 사람이 주위에 모여 그 아름다운 광경을 즐겼다. 얼굴에 닿는 바람은 살짝 쌀쌀했지만, 어른들은 사진을 찍었고, 아이들은 은행나무 주위를 뛰며 놀았다. 나는 동생과 술래잡기를 했다. 이제 막 아장아장 걷기 시작한 동생을 따돌리기는 쉬웠지만, 일부러 잡힐 듯 말 듯 천천히 뛰었고, 몇 번 붙잡혔다. 그때마다 동생은 까르르 웃으며 자지러졌다. 아빠는 쫓아다니며 동영상을 찍었고, 엄마는 그러는 동안 돗자리를 펴고 도시락을 꺼내 놓고 기다렸다.

이마에 땀이 송골송골 맺혔을 때, 나는 동생과 함께 엄마에게 달려갔다. 그리고 엄마가 정성스럽게 만든 김밥과 샌드위치를 먹고, 셰이크를 마셨다. 그런데 먹구름이 하늘을 가리는 듯하더니 바람이 거세졌다. 더하여 얼음 조각이 돗자리 위에 떨어졌다. 우박이었다. 처음에는 새끼손가락 한 마디 정도의 크기였는데, 잠시 후에는 점점 더 큰 얼음덩이가 쏟아졌다. 아기 주먹만 한 우박이 퍽퍽 소리를 내며 땅 위에, 사람들의 머리 위에 떨어졌다. 사람들이 비명을 지르며 흩어졌다.

아빠는 나를 안고, 엄마는 동생을 끌어안고 자동차가 있는 곳으로 달려갔다. 겨우 자동차 안에 들어왔을 때, 자동차 천장을 때리는 우박 소리가 크게 들렸다. 아빠가 틀어 놓은 자동차 안의 라디오 소리와 겹쳤다. 아나운서가 기후 재난을 운운했고, 마침내 더 거세진 우박이 자동차의 앞유리를 깨뜨렸다. 동생이 먼저 비명을 지르고는 자지러지게 울었다. 그리고 나도 따라……

울음소리가 크게 나오지 않아 물고기처럼 주둥이를 뻐끔거렸다. 그런데 그런 나를 누군가 토닥이고 있었다. 눈을 떠 보니, 수나가 소파에 기대 잠든 내 가슴을 가만가만 두드리고 있었다.

"오빠, 잤어. 꿈꿨어. 막 엄마도 부르고 그랬어."

수나가 방긋 웃으며 말했다. 그런데 아까는 몰랐는데, 웃을수록 일그러진 한쪽 눈이 더더욱 일그러졌다. 그 바람에 나도 모르게 웃음을 멈추고 말았다.

나는 몸을 일으켜 세워 앉았다. 꿈이 너무 생생했다. 아니, 그것은 꿈이 아니라 예닐곱 살 때 겪은 일이었다. 그날 이후 갑자기 한파가 닥치더니 8개월 동안 이어졌다. 그 뒤에도 봄은 오지 않았다. 몇 달간 영상 5도를 오르내리던 기온은 다시 곤두박질쳐서 영하 25도가 넘는 한파가 또 이어졌다. 그 바람에 먹을 것이 부족해지고 곳곳에서 전쟁이 일어났다…….

나는 벌떡 일어났다. 이러고 있을 때가 아니란 생각이 들었다. 더 이상은 안 될 것 같았다. 한 손을 꼭 잡은 수나를 물러서게 하고 나는 출입문 쪽으로 걸어갔다.

그때, 여자가 주방에서 나타났다.

"너무 곤히 잠들었길래 깨우지 않았어. 이제 가려고?"

"네. 코크가 가져간 목걸이는 꼭 찾아서 돌려줄게요. 꽤 비싼 목걸이 같던데…….”

나는 서녘의 햇살이 부서지고 있는 창 쪽을 쳐다보며 말했다. 물론 자신은 없었다. 무엇보다 코크를 다시 만날 수 있을지 알 수 없었으므로. 그런데 여자가 고개를 저었다.

"괜찮아. 다시 돌아오지 않아도 돼."

"네?"

"그건…….”

"오빠, 가는 거야? 우리랑 살면 안 돼? 내 친구 하희도 오빠랑 살던데? 돈 벌러 가는 거야?"

여자가 무슨 말을 하려던 찰나, 수나가 나섰다.

그 말에 가슴 한구석이 몹시 아렸다. 순간 나는 수나의 손을 잡아 줄까 하다가 그만두었다. 그러면 더 가슴이 아플 것 같았다. 서로의 마음이 닿는 순간, 참았던 감정이 터져 버릴까 봐.

나는 뒤로 더 물러났다. 그리고 말했다.

"수나야, 또 올게."

그 말이 수나에게 위로가 되었을지, 상처가 되었을지, 나도 알 수 없었다.

지킬 수 없는 약속을 한 뒤, 출입문 쪽으로 다가갔다.

"오빠!"

수나가 다가왔다. 그러나 나는 뒤로 물러나 손잡이를 돌려 문을 열었다.

그런데 그때였다. 밖에서 우당탕탕 하는 소리가 들리는가 싶더니, 비명이 두어 번 들렸다. 그 바람에 어깨가 움츠러들었다.

나는 고개를 갸웃거리면서 조심스레 문을 열었다. 어느새 바짝 다가온 푸르스름한 땅거미와 함께 누군가가 뛰어 들어왔다. 뜻밖에도 코크였다.

"위험해!"

코크가 소리치면서 안쪽으로 쓰러졌다. 어깨에 피가 흐르고 있었다.

*

"코크, 어떻게 된 거야?"

"위험해! 문 닫아! 창문도! 누가 여길 노리고 있단 말이야!"

코크는 반복적으로 외쳤고, 나는 얼른 코크를 부축했다.

여자가 코크를 한 번 다독이고는 담담한 표정으로 문을 닫고 창을 가렸다. 그러자 금세 사방에 어둠이 들어찼다. 방금 전과는 또 다른 공포감이 밀려왔다. 그러나 여자는 차분히 방 이곳저곳을 다니며 반복적으로 문단속을 했고, 그런 다음 여기저기에 촛불을 켰다.

기다렸다는 듯 거칠게 문을 두드리는 소리가 들렸다.

"이봐, 메리! 문 열라고. 그 안에 있는 거 다 알아. 응? 어서 열지 못해?"

그 소리와 함께 수나가 내게 달려와 안겼다. 그리고 품속으로 깊이 파고들었다. 어깨를 심하게 떨었다. 그 바람에 나도 모르게 수나를 꼭 끌어안았다.

"저놈이 이 집을 기웃거렸어요. 몰래 들어오려고 했다고요."

거실 바닥에 켜 놓은 촛불 두 개 너머에서 코크가 말했다. 흥분한 목소리였다.

"어떻게 된 거야? 어깨의 상처는 왜? 이리 좀 와 보렴!"

코크의 목소리에 비해 이상하리만큼 차분한 목소리였다.

"놈이 엿보고 이 집을 기웃거리길래 무슨 짓이냐고 했더니, 다짜고짜 욕을 하더니 참견하지 말라며 위협했어요."

"그래서?"

"그래서……."

여자가 다시 묻자 코크는 더듬거렸다. 그때, 마치 기다렸다는 듯 밖에서 남자의 거친 목소리가 들려왔다.

"메리, 문 열어! 돈을 갚든가 아니면 수나를 내놓으라고! 그 애를 팔면 내 돈은 갚고도 남을 텐데, 왜 이렇게 고집을 피워? 어차피 당신 아이도 아니잖아?"

그 말이 끝남과 동시에 바깥의 남자는 반복적으로 문을 두드렸다. 문득 나는 나도 모르게 주먹을 꼭 쥐었다. 아빠와 폐허가 된 집에 살 때도 비슷한 일이 있었다. 크게 다친 아빠가 돌아와서 할 수 있는 일이란 없었고, 돈을 빌려야 했다. 그걸 빌미로 이웃집 사내는 아빠에게, 나를 팔아 버리라고 죽기 직전까지도 아빠를 몰아붙였다. 아빠는 마지막 남은 돈을 내게 쥐어 주며 달아나라고 했고, 나는 죽어 가는 아빠를 두고 거리로 뛰쳐나왔다. 보름 만에 집에 되돌아갔을 때, 아빠는 이미 이 세상 사람이 아니었다.

한참 동안 부스럭거리더니, 또 잠깐 사방이 조용해졌다. 밖에서 무슨 꿍꿍이인지 알 수가 없었다. 나는 조금 더 불안해졌다.

그때 다시 한 번 여자, 아니 메리가 입을 열었다.

"수나가 많이 아팠어. 그때 돈을 좀 빌렸고. 갚고는 있는데 아직 다 갚지 못했지. 그걸 빌미로 툭하면 저렇게 소동을……. 괜찮아, 별일 아니야. 그나저나 어깨의 상처를 치료해야 할 듯한데……. 스카이, 이쪽에 와서 촛불 좀 들어 주겠니?"

어렴풋이 사정을 알 것 같았다. 여자의 말에 나는 수나를 끌어안은 채 일어났다. 그때 밖에서 남자의 목소리가 다시 울렸다.

"메리, 이제 정말 가만두지 않을 거야. 아들 녀석이 있다고 왜 말을 안 했어? 버릇없는 놈 같으니라고."

그 말에 나는 우뚝 서서 코크를 쳐다보았다. 메리도 마찬가지였다. 그러자 코크가 당황한 듯 말했다.

"그게요…… 왜 남의 집을 엿보느냐고 물었더니, 웬놈이냐고 썩 꺼지라는 둥 함부로 말하길래, 우리 엄마한테 손대지 말라고……. 아니, 어쩌다 보니까 그렇게 됐어요. 처음부터 그러려던 건 아니었고요. 나도 모르게……."

"그런데 항상 이랬던 거예요? 매일?"

그때 내가 말을 끊었다. 코크가 곤란해하는 것 같기도 했고, 궁금하기도 해서였다. 메리는 고개를 끄덕였다. 그러면서 코크의 목덜미에 난 상처를 치료했다.

"괜찮아. 별일……."

순간 나는 화가 났다.

"도대체 뭐가 자꾸 괜찮다는 거예요? 저 불한당이 윽박지를 때마다 아무 소리 못 하고 벌벌 떨기만 했단 말이에요?"

바로 그때였다. 서너 번 쾅쾅 소리가 났고, 동시에 출입문이 크게 흔들렸다. 아니, 그런가 했는데 잠금장치가 부서지며 문이 열렸다. 그리고 문 앞에 거구의 사내가 모습을 드러냈다.

헉!

숨이 막혔다. 사내는 씩씩거리면서 한 걸음 안으로 들어왔다. 그리고 두리번거리더니 다짜고짜 수나를 향해 다가왔다. 나는 재빨리 수나를 뒤로 보내고 사내에게 달려들었다. 기다렸다는 듯 코크도 함께 사내에게 돌진했다. 그러자 거구의 사내가 뒤로 몇 걸음 물러났다. 그러나 거기까지였다. 사내는 둘이 밀쳐 내는 데도 버텨 냈다. 아니, 이리저리 몸을 비틀더니 자세를 잡고 내 목을 조르고 코크의 허리를 옥죄기 시작했다.

"아악!"

나는 발버둥 쳤다. 입으로 사내의 팔을 물어뜯었다. 사내도 소리를 질렀지만, 목을 조른 손을 놓지 않았다. 점점 눈앞이 캄캄해졌다.

그런데 어느 순간, 숨쉬기가 조금 편해졌다. 그러더니 갑자기 사내가 뒤로 물러났다. 그리고 놀란 얼굴로 제 손을 쳐다봤다. 피가 흐르고 있었다. 그러나 사내가 흘린 피가 아니었다.

그럼……?

나는 재빨리 코크를 쳐다보았다. 코크의 가슴에 핏물이 짙게

배어 있었다. 아니, 점점 더 붉어지고 있었다.

"코크!"

가슴 위쪽에 칼이 박혀 있었다. 자신이 들고 다니던 캠핑용 칼이었다. 그걸 꺼내 들고 어찌하다가 제 가슴을 찌른 모양이었다. 그걸 보더니 사내는 뒷걸음질 쳤고, 방에서 나가 버렸다.

나는 재빨리 달려가 쓰러진 코크를 부축했다.

"코크, 어떻게 된 거야? 응?"

"스카이…… 내 진짜 이름은 태호야. 민태호. 너, 너는……?"

"갑자기 무슨 말이야. 이름은 왜? 네 이름이 뭐든 난 상관없어."

"넌……."

"난 유한이야. 됐어? 그런데 왜 다시 온 거야?"

나는 재촉하듯 물었다.

"목걸이를 봤어. 수나에게는 없어서는 안 될……."

그러더니 코크는 주머니에서 수나의 목걸이를 꺼냈다. 파란 보석이 피에 물들어 있었다. 나는 코크의 손에서 목걸이를 집어 들었다. 그때 메리가 말했다.

"이건 보석이 아니야. 저장 장치야. 수나의 원체가 수나에게 남긴 말이 들어 있어. 고맙다는 말, 미안하다는 말, 나중에 찾아오면 꼭 보답을 하겠다는 말……. 그래도 원체인 수나도 착했나 봐. 이 목걸이를 들고 알파 시티로 꼭 찾아오라고 했어."

"그래서 돌아온 거야?"

메리의 말을 듣고 나는 코크에게 물었다.

"차라리 보석이었다면 달아났을 텐데……."

코크가 숨을 몰아쉬면서 고개를 끄덕이며 말했다.

"바보 같은 녀석!"

"수나의 눈동자가 떠올랐어. 혼자 거리를 돌아다니기도 무서웠고. 수나가 오빠라고 부르던 말도 생각이 났고……. 네가 나를 형제처럼 대해 준 것처럼, 수나는 아무것도 아닌 나를 가족으로 불러 줬잖아. 오늘 하루는 내게도 가족이 있는 기분……."

그때 메리가 나섰다.

"가족이 아니면 어때? 지금 곁에서 서로 지켜 주는 사람들이 중요하지. 무엇을 하든 이해해 주면 돼. 서로 믿고, 지금 이 순간 가장 소중한 사람과 같이 있으면, 뭐든 괜찮아."

여전히 말끝에는 '괜찮아.'라는 말을 달았다. 나는 그런 메리에게 외치듯 말했다.

"메리, 도와주세요! 살려 주세요. 코크가 죽으면 안 돼요! 네? 코크는 언제나 나를 지켜 줬단 말이에요. 그런 코크가 죽는 걸 그냥 보고만 있을 수는 없잖아요. 네? 메리!"

그러나 코크는 고개를 저었다. 입술을 움직여, 절대 안 된다고 말하고 있었다.

나는 그 이유를 알고 있었다. 코크를 구하기 위해서 알파 시티

순찰대를 부르면, 응급조치를 받을 수 있을지 모르지만, 결국 케어 센터로 가야 한다는 것을. 코크는 이 순간에도 나를 염려하고 있는 것이다. 하지만 아무리 그래도 코크를 죽게 내버려둘 수는 없었다.

"아니야. 엄마가 가족은 헤어지는 거 아니랬잖아. 오빠는 가족인데 왜 헤어져?"

"수나야, 오빠는…… 오빠는 가족이 아니…….."

그때 내가 끼어들었다.

"걱정 마, 수나야. 오빠 안 갈 거야. 걱정하지 마."

무슨 소리냐는 듯, 메리가 쳐다보았다. 그러나 대답은 하지 않았다. 스스로에게 말했을 뿐이다. 그때 아빠 곁을 떠나지 말았어야 했다고. 아빠는 나를 지키려 했지만, 나는 당연한 듯 아빠를 떠나갔고 그럼으로써 아빠를 끝까지 지켜 주지 못했다고. 그러나 이제부터는 그러지 말아야겠다고. 메리가 가족은 아니라도 나에게 처음으로 따뜻한 손길을 내밀어 준 사람이니까.

그때 메리가 다가와 내 어깨를 감싸안았다. 그리고 말했다.

"괜찮아. 걱정하지 마. 괜찮을 거야."

그러고 보니 그녀를 만난 이후에 그녀가 가장 많이 했던 말이, '괜찮아.'였다. 뭘 해도 된다는 뜻이기도 하고, 염려 말라는 뜻이기도 하고. 무엇보다 자기가 곁에 있으니 안심하란 뜻이었다.

그런데 괜찮을까? 정말?

그때, 메리가 전화기를 들어 신고를 했다. 그 모습을 보면서, 코크는 여전히 고개를 저어댔다. 그러자 메리가 말했다.

"너희는 내 아이나 다름없어. 내가 그토록 살려내고 싶었던 내 아이들……."

코크는 고통스러운지 온몸을 떨었고, 이를 악물었다. 멀리서 사이렌 소리가 들려왔다. 나는 스스로를 다독거렸다.

'괜찮아, 괜찮을 거야! 아니, 괜찮지 않아도 상관없다. 동생이 생겼고, 엄마도 생겼으니까. 어쩌면 그들도 나를 아들로, 오빠로 불러줄 테니까. 그리고 코크와도 여전히 형제니까.'

나의 마음을 눈치챈 것일까. 메리가 말했다.

"잘 들어. 곧 순찰대가 들이닥치면 나를 엄마라고 해. 수나는 여동생이고. 우린 전쟁 때 헤어졌다가 다시 만난 거야. 그래서 가족 증명서가 없는 것뿐이고. 알았지?"

메리, 아니 엄마의 목소리가 귓가에 울렸다. 나는 가족들을 둘러보았다. 모두 믿음직스러웠고, 든든했고, 사랑스러웠다.

노랑 구름은 뜨고 있다

윤해연

작가의 말

가족의 형태가 바뀌고 있습니다. 과학이 발달한 미래의 삶에서 가족이란 무엇을 의미할까요?

손안의 인터넷 세상에서 이제는 손안의 인공 지능이라는 놀라운 시대를 살아가고 있습니다. 인간의 일자리를 로봇이 대신하는 세상이 빠르게 오고 있지요. 아픈 장기를 대신하는 기계가 낯설지 않은 세상입니다.

인간을 돌보는 로봇에서 인간과 함께 자라는 로봇이 나올 거예요. 함께 자라며 같은 것을 보고, 이야기를 나누고 아픔을 공유하고 소통한다면 이는 가족이라 부르지 않을 이유가 없습니다. 전형적인 가족의 구성은 미래 사회에서 의미가 없을지도 모르겠습니다. 공동 육아 시스템이나 돌봄 로봇의 보살핌으로 자라는 아이들이 생겨날 것이죠. 그러므로 인간의 윤리적 세계관이 로봇에게도 적용되어야 합니다. 그 가까운 미래의 모습을 가족이라는 이름 안에서 찾아봤습니다.

— 윤해연 —

우리가 탈 자리는 기차의 마지막 칸에 있었다. 라온의 손을 잡고 기차 사이를 건넜다.

"꽉 잡아. 넘어지지 않게."

라온은 순간적으로 손에 힘을 주었다.

기차와 기차 사이를 건너려면 얕은 턱이 있다. 평소라면 눈에 보이지 않을 정도의 턱이었다. 라온을 데리고 기차를 타는 건 처음이었다. 나도 라온도 긴장하는 게 당연했다.

서둘러 라온을 창가 자리에 앉히고 배낭을 선반에 올렸다.

부우웅, 기차가 레일 위를 부상하는 게 느껴졌다. 그와 함께 기차가 부드럽게 출발했다.

"쌍둥이구나?"

마주 앉은 자리에서, 한쪽 눈에 검은 안대를 한 아저씨가 우리를 바라봤다. 그는 라온을 보며 쌍둥이라고 말했다. 잘 쓰지 않는 표현이었다. 내가 아무 말도 하지 못하자 그가 이어서 말했다.

"넌 행운아구나. 나도 쌍둥이가 있었다면 한쪽 눈을 잃지 않았을 텐데."

"그런 거 아니에요."

라온을 힐끔 바라봤다. 다행히 창밖을 보느라 관심이 없었다.

"다들 그렇게 말하지."

검은 안대는 이 상황이 재미있다는 듯이 키득거렸다.

많은 아이는 자기와 똑같은 쌍둥이가 있다. 바로 복제 인간이다. 산모의 제대혈에서 추출한 DNA를 통해서 배양되고 자라난 아이다.

기후 위기를 극복하지 못한 지구는 더는 안전한 행성이 아니었다. 어느 순간부터 아이들은 건강하지 않게 태어났다. 심장이 아프거나 판막이 손상된 채 태어났다. 후천적으로 눈을 잃기도 하고 난청이 오기도 했다. 면역력이 약해져 피부는 예민해졌고 조금의 미세 먼지로도 숨이 차올랐다. 아이들은 오래 살지 못했고 인류의 가장 큰 문제가 되었다. 그러면서 개발된 프로젝트가 베이비 셀이다. 베이비 셀은 23세기 가장 눈부신 성장을 한 사업이 되었다. 하지만 베이비 셀에도 오류가 있었다. 다른 환경에서 자라난 쌍둥이는 면역력에서 차이가 났다. 제대혈의 DNA만 가지고는 부작용을 극복하지 못했다. 많은 시행착오를 거친 후 가장 안전한 해법을 찾아냈다. 성장 과정이 같아야 저항성이 없는 가장 완벽한 기관을 받을 수 있다는 걸 알아낸 것이다. 그러니까 라온은 나를 위해서 길러진 가장 안전한 쌍둥이다.

라온은 초원만 이어지는 밖의 풍경이 지루한지 이내 잠이 들어 버렸다. 평온한 모습이었다. 마치 거울을 보는 것처럼 또 다른 내가 보였다.

"어디 가는 길이지?"

검은 안대가 은색 파이프를 꺼내 입에 물었다. 드러난 이가 검은 걸 보니 니코틴에 상당히 중독된 것 같았다. 연기가 나지 않는 니코틴은 불법이 아니라서 딱히 따질 마음은 없었다.

"할아버지한테 가는 길이에요. 기다리고 있을 거예요."

일부러 손바닥에 삽입된 핸펀을 터치했다. 액정이 밝아지면서 손바닥에 화면이 켜졌다. 수신 거절 상태였지만 검은 안대가 우리를 의심하지 않길 바라면서 한 행동이었다.

"할아버지도 원스를 좋아하니? 노인들은 원스를 곱게 보지 않지……."

나와 똑같이 생긴 쌍둥이를 사람들은 '원스'라고 부른다. 라온은 2단계 지능을 가진 원스다. 인간의 여섯 살 정도의 인지 능력을 가졌다. 2단계 원스의 두뇌는 원초적으로 시냅스를 차단했다. 세포와 세포 간의 교류를 차단하는 방법이다. 배포하기 전에 주입한 인위적인 기억을 가지고 평생을 산다. 학습되지 않는 뇌는, 인식이 없는 뇌는, 슬픔이나 분노를 단순하게 받아들인다. 인간의 희노애락을 차단당한 생명체, 과거와 현실에 대해서 복기하지 않는 생명체는 미래를 염려하지 않았고 현실을 부정하지 않는다.

인간이 다루는 과학의 한계는 끝이 없었다. 안드로이드의 자기 학습화가 그랬고, 인공 지능의 자기 확장이 그러했다. 인간은 과학을 숭배하면서도 과학을 두려워했다. 원스가 인간에게 꼭 필요한 도구이지만, 원스의 단계를 철저하게 관리하는 것은 그들의 진화를 경계해서다. 최고 5단계 원스는 꽤 높은 지능을 가졌다고 한다. 5단계 원스를 구입하려면 자폐나 조현병 같은 문제가 있을 경우인데, 안전성이 담보되지 않은 모양이다. 종종 사회문제가 되어 포털 뉴스에 등장하곤 하는데 이들을 '위험한 구름'이라 부른다. 납치, 테러 등 강력 사건이 일어날 때마다 구름같이 스며들어 인류를 위협하고 있다.

베이비 셀의 연간 보고서에 의하면, 2~3년 사이 5단계 원스 출시율이 23퍼센트나 급락했다. 하지만 공급이 줄면 수요는 늘어나는 법이다. 희소성에 의한 인간의 욕망은 점점 커졌다. 5단계 원스의 가격은 최고의 주가를 달리고 있다.

"……원스가 아니고 라온이에요."

"원스한테 이름을 주는 것은 불법인데 이름을 주었구나."

"라온이는 상품이 아니에요. 저와 쌍둥이라니까요!"

"신고 같은 건 안 할 테니 걱정하지 마. 그런데 라온이가 무슨 뜻인 줄 알고 그 이름을 준 거니?"

"기쁨이요. 책에서 읽었어요."

"책을 읽었다니 놀랍구나. 요즘은 누구도 책을 읽지 않지. 인간은 신보다 과학을 더 숭배하니까."

검은 안대는 파이프를 입에 무느라 잠시 쉬었다가는 이어서 말했다.

"베이비 셀은 가장 비인간적인 사업이지. 추악한 이름이야."

"하지만 많은 사람이 그것 때문에 사는걸요? 베이비 셀이 없었다면 지구는 멸망했을 거예요. 아이가 없는 세상은 결국 종말이니까요."

"너도 언젠가는 네 옆에 있는 녀석을 잃게 되겠구나. 너 자신을 위해서 말이야."

"……."

손바닥으로 부재중 메시지가 계속 오는 게 느껴졌다. 작은 진동이 끊임없이 이어지고 있었다. 아직은 메시지가 계속 올 만한 상황이 아니었다. 확인하고 싶었지만 확인한 순간 실시간 내 위치가 보고된다.

서둘러 핸편 전원을 꺼 버렸다. 핸편을 통한 모든 기능이 정지된다. 내 생체 리듬, 올 수도 있을 위험 신호, 자동 결제 시스템부터 주변 정보와 도시 정보까지. 중앙 정보 센터를 통한 내 위치를 추적당하지 않으려면 이 정도는 감수해야 한다.

학교가 끝나자마자 라온을 데리고 나왔다. 부모님에게는 호란의 건강 파티에 초대받았다고 했다. 사실이었고 가고 싶은 마음도 있었다.

몇 달 전에 호란은 자기의 원스에게서 심장을 이식받았다. 늘 푸른 입술로 힘겹게 숨을 쉬던 호란은 나처럼 심장이 약했다. 나보다 훨씬 심각한 상태라서 이식 수술을 받았는데 상기된 표정으로 학교에 왔을 때 깜짝 놀라고 말았다. 붉은 입술과 발그레한 볼, 눈빛마저 활기가 넘쳤다.

호란의 원스는 어떻게 되었는지 궁금했다. 소문에 의하면 장기를 준 원스는 폐기되거나 그들만이 사는 특정한 장소로 보내진다고 했다. 전자든 후자든 라온이 그곳에 가게 될 일은 결코 없을 것이다.

호란은 자신의 원스에 대해서 2분의 1과 같은 존재라고 했다. 자신이 2분의 1이라면 나머지 절반이 원스라고 했다. 호란은 원스가 준 장기를 받으면서 이제야 비로소 완전한 1이 되었다. 그 완전함을 축하하고 싶었던 것일까? 그렇다면 장기를 준 원스는 폐기되어 0이 된 것일까?

그들은 우리와 같은 것을 먹고 마시고 같은 공간 안에서 숨을 쉬고 배출한다. 지능을 학습하지 못한 그들의 단순한 능력을 그저 기계적인 것이라 단정 짓는 인간의 셈법이 옳은 것일까? 신이 만든 인식의 열매를 가질 수 있는 자격은, 과연 순수한 인간에게만 주어진 것일까?

원스는 각 가정에 보급되어 안전하게 살아간다. 정보에 대한 접근 금지, 시뮬레이션이나 홀로그램 차단, 종이책은 물론이고 이름 지어 주는 것 금지! 주의 사항에는 인식 받을 대상과 교감 금지라는 레드 라벨이 붙어 있을 정도로 경계하고 있다.

나는 금지된 것을 하고 말았다. 나의 원스에게 이름을 주었고, 이름을 주자 나의 쌍둥이가 되었다. 그런데 첫 번째 심정지가 왔을 때 가장 먼저 떠오른 질문이 있었다.

라온, 나를 위해 심장을 줄 준비가 되었니?

부우웅, 기차가 중부의 작은 도시에 정차했다. 라온이 잠에서 깨어났다. 창밖을 바라보던 라온이 작은 소리로 말했다.

"배고파."

"배고파? 조금만 기다려. 출발하면 식당 칸에 가 보자."

"2단계구나?"

검은 안대가 라온을 바라보며 물었다.

"상관 마요. 우리 라온이는 그런 거 아니라고 말했잖아요."

"우리 라온이? 우리라……. 그거 우습구나. 그래, 네 말이 맞긴 하지. 우리 안에는 결국 내 것이라는 소유의 개념이 있으니까 말이야."

비웃음이 가득했다. 불길하고 기분 나쁜 웃음이었다.

나는 라온의 손을 잡고 창밖을 바라보았다. 기차를 탄 지 꽤 긴 시간이 흘렀다. 핸편 전원을 꺼 놔서 어떤 것도 할 수 없었다. 얼마나 시간이 지났는지 여기가 어디인지 알 수 없었다. 어떤 정보도 가져올 수 없는 상황이었다. 그런데 라온이 창에 반복적으로 머리를 부딪쳤다. 처음은 장난처럼 가벼운 접촉이었는데 점점 세기가 강해졌다.

"왜 그래? 어디 아파?"

라온이 머리를 치지 못하도록 어깨를 잡았다. 그러자 머리를 앞뒤로 흔들기 시작했다.

"할아버지가 기다리고 있지 않은 모양이구나. 위치 추적기를 켠 것 같은데?"

"핸편 전원을 껐는데요?"

"너 말고 라온이의 위치 추적기를 켰을 거다."

"라온이한테 추적기가 있다고요?"

"윈스는 사유 재산이니까 당연한 거 아니겠니? 그것도 고가의 재산인데."

"바로 추적이 가능해요? 우리 위치가 다 노출되나요?"

"시간은 걸리지. 윈스도 하나의 유기체란다. 추적기에 대한 저항감이 있어. 그걸 저렇게 표현하는 거야. 흥미롭지 않니? 아무리 주입하고 단순화시켜도 인간의 본능을 가지고 있다는 게. 인간만이 가지고 있는 고유의 영역을 윈스도 똑같이 가지고 있지."

"아, 다행이에요."

"다행이라고? 이렇게 해서 네가 얻는 게 무엇이지?"

"지금은 시간이 필요해요. 라온이와 함께할 수 있는 시간을 벌고 싶어요."

"잠시뿐인데?"

"추적기를 제거할 방법을 알려 주세요. 우리한테 시간이 필요해요. 제발요!"

당장은 검은 안대한테 매달릴 수밖에 없었다. 냉소적이고 무심한 것 같지만 그는 방법을 알고 있을 것 같았다. 우리에 대한 지나친 관심이 그러했고, 자기만의 윈스가 없어 한쪽 눈을 잃어 본 자였다.

검은 안대가 창밖을 바라보았다. 녹지가 펼쳐진 거대한 도시를 지나고 있었다. 도시의 건물은 하나같이 낮고 단순했다. 먼지 하나 없는 깨끗한 건물들은 막 세수를 한 것처럼 빛이 났다.

"흠…… 식당 칸으로 가자꾸나. 나도 배가 고프네."

검은 안대가 자리에서 일어섰다. 앉았을 때보다 큰 키였다.

식당 칸에는 몇몇 사람이 앉아 차를 마시거나 식사를 하고 있었다. 우리는 바텐더가 있는 바에 나란히 앉았다.

"건, 다음 도시가 어디지?"

검은 안대가 바텐더를 향해 물었다. 서로 잘 알고 있는 눈치였다.

"모창에서 잠깐 설 거야. 버려야 할 폐기물이 있거든. 한 시간은 더 가야 할걸!"

"직원들이 드나드는 통로를 이용할 수 있을까?"

"괜한 일에 끼어들지 말라고. 자네도 안전하지 않다는 거 알고 있지?"

건은 은색 셰이커를 흔들며 나와 라온을 번갈아 쳐다봤다.

"알고 있지. 태어나는 순간부터 늘 그래 왔으니까. 이제는 안전한 게 더 불안할 정도지."

식사 시간이 지나자 식당 칸은 자리가 많이 비었다. 우리는 모창에 도착할 때까지 식당 칸에서 시간을 보냈다.

"이것부터 마시렴."

배가 고프다고 했던 라온은 건이 건넨 음료를 마시고는 그대로 정지된 것처럼 의자에 가만히 앉아 있었다.

"왜 이러죠?"

"모든 생체 리듬이 정지되었어. 그래야만 추적기가 작동되지 않거든."

"죽은 건 아니죠?"

"비슷하지. 하지만 곧 움직일 수 있어. 일시적인 화학 물질에 대한 적응일 뿐이야."

"깨어나지 않으면 어떡해요?"

나는 불안함에 라온의 눈동자를 바라보았다. 라온의 눈동자가 조금씩 흔들리고 있었다. 눈동자는 살아 있는 생물의 반응이었다.

그때 건이 작지만 분명한 어조로 말했다.

"폐기물 센서를 작동해, 얼른!"

검은 안대가 분주하게 안주머니에서 네모난 카드를 꺼내더니, 앉아 있는 라온의 눈동자에 스캔하듯 붉은빛을 비췄다. 라온이 이내 눈을 감았다. 그마저 생명의 기운을 느낄 수 없었다.

건너편 기차 칸의 천장에서, 하얀색 기계가 매달린 채 달려오고 있었다. 기계가 승객의 정보를 스캔하는 듯했다.

"이 아이는?"

검은 안대가 나를 가리켰다.

"이 아이는 순수 인간이야. 저건 순수 인간의 정보를 읽을 수 없어. 엄격한 인권 보호가 이럴 때 도움이 되지."

기계가 식당 칸에 도착했다. 소리도 없고, 기척도 없는 움직임이었다. 기계가 잠시 일행을 지나쳤다 다시 돌아왔다. 순간 미친 듯이 심장이 뛰었다. 이대로 들켜 버린다면, 이대로 라온을 잃는다면 이 선택을 평생 후회할 것이다.

폐기물은 폐기 칸으로 이동 바람.

폐기물은 폐기 칸으로 이동 바람.

기계 음성이 흘러나왔다. 건이 바 위에 있는 작은 모니터의 초록 키를 눌렀다.

"엔터. 수신했음."

기계가 다음 칸을 향해 달려갔다.

"휴! 생각보다 철저한 시스템은 아니군."

검은 안대의 말에 동의했다.

"아직은 폐기물에 대한 처리 시스템이 허술한 셈이지. 정부에서 강력한 규제가 곧 통과될 거야. 우리에게는 현재가 가장 안전한 시간이지. 다음은 이렇게 쉽지 않을 거니까."

"그렇겠지. 우리에게도 이 두 녀석에게도 시간이 없겠군!"

라온과 나의 시간은 그러했다.

처음 심정지가 왔을 때 나는 공식적으로 8분 동안 죽은 사람이었다. 예견된 상황이었고 센터나 부모님의 핸편에 자동으로 전달될 예정이었다. 어느 쪽이든 센서가 작동이 됐다면 미리 삽입된 충격랜으로 심장 마사지가 이루어졌을 것이고 얼마간의 시간을 벌었을 것이다. 어찌 된 일인지 작동해야 할 센서는 울리지 않았다. 난 완벽한 죽음을 경험한 셈이다. 나의 8분을 사람들은 단순한 시스템 오류라 단정했다. 사후 8분을 인정하느니 그편이 받아들이기 쉬웠을지도 모른다.

그때 나는 라온의 목소리를 들었다. 어둡고 습한 공간이었다. 도무지 어디를 향해 가는지 알 수가 없었다. 끊임없이 이어진 어둠 속에 나는 몸을 동그랗게 말고 있었다. 축축한 기운이 내 몸으로 스며드는 것 같았고 몹시도 슬픈 느낌이 들었다. 죽음은 두려움이나 공포가 아니라 정체를 알 수 없는 슬픔이 가득한 상태였다. 목 놓아 울고 싶지만 터지지 않는 울음, 울고 싶지만 떨어지지 않는 눈물, 슬프다고 말할 수 없는 꽉 막힌 목소리가 내 전체를 옭아맸다. 그때 한 소리가 끊임없이 들려왔다. 몸을 간신히 움직이며 소리가 나는 방향을 바라봤다. 낮은 목소리는 환한 빛을 가지고 부유하듯 내게 다가왔다.

잠시 후 기차가 섰다. 라온의 폐기물 센서를 해제한 이후 우리는 기차에서 내렸다.

모창은 유난히 안개가 가득한 도시였다.

5차 산업 혁명 이후 버려진 도시가 늘어났다. 한때 풍요와 첨단의 도시라는 걸 증명하듯이 빼곡하게 늘어선 빌딩이 가득했다. 더 이상 도시는 높은 건물을 짓지 않았다. 기계를 설치하지 않았고 자연을 표방하면서 회귀를 하고 있었다. 회귀의 흔적을 버려진 도시가 말해 주고 있었다.

"네 생각을 말해 줄 수 있니?"

검은 안대가 물었다.

우리는 건물 사이, 미로 같은 골목을 걸었다.

바닥은 축축하고 쓰레기가 넘쳐났다.

"무슨 생각이요?"

라온이 여전히 내 손을 꼭 쥐고 있었다.

"라온이를 어떻게 하려고 기차에 탄 건지 그걸 묻는 거다."

"섬이 있다고 들었어요. 라온이와 같은 애들이 사는 섬이요."

"아트란을 말하는 거구나."

"있긴 있군요?"

"있었지."

"과거형이네요."

"그래. 지금은 사라졌지. 순수 인간은 아트란을 허용할 수 없었으니까."

"……"

"이제 어떻게 할 거냐?"

"모르겠어요……"

그는 갑갑했는지 손으로 자신의 안대를 들었다 놨다. 미처 그의 눈을 확인할 수는 없었다.

"돌아가야 할까요?"

"돌아가서는?"

"라온이를 어떻게 지켜야 할지 잘 모르겠어요."

"라온이가 너한테 뭐라고 생각하니?"

"아저씨는 아까부터 묻기만 하는군요."

"저 녀석한테 물을 수는 없으니까."

라온이 머리를 들어 건물 꼭대기를 바라봤다. 아니 빌딩으로 쪼개진 하늘을 바라보았다. 더할 나위 없이 깨끗한 하늘이었다. 라온과 나는 집 앞 정원에 누워 하늘을 바라보곤 했다. 그렇게 누워 나는 끊임없이 라온에게 이야기를 들려주었다. 대개 홀로 그램을 통해서 읽은 것들이었다. 나의 이야기는 종종 순서가 바뀌었고 엉켰지만 우리는 상관없었다. 주인공은 어떤 고난을 겪든 결국은 행복했고 늘 죽지 않았기 때문이다.

"……알고 있어요."

"뭘 말이냐?"

"라온이는 제가 하는 말을 알고 있다고요."

"네 느낌이겠지. 아이들은 원스에 대해서 미안함을 가지고 있으니까 그렇게 착각하는 거야."

"진짜예요. 라온이는 제가 무엇을 느끼는지 무엇을 생각하는지 알아요. 분명해요."

"네 말을 믿진 않지만 설령 그렇다 해도 이건 쉬운 결정이 아니야. 이 아이가 네 말을 알아듣는다고 해서 변하는 건 아무것도 없다는 뜻이야."

"라온이는 단순한 기계가 아니에요."

"동정 따위로 네 목숨을 흥정하다니, 어리석구나."

"……."

검은 안대의 말에 대꾸하고 싶지 않았다.

아이들은 수술 날짜가 다가오면 윈스를 대신해서 자기가 죽었으면 좋겠다는 말을 했다. 하지만 윈스를 대신해서 죽은 아이들은 없었다. 그저 어딘가에서 삭제된 2분의 1만이 존재했다는 사실뿐이다. 그걸 잊는 데 그리 오래 걸리지도 않았다.

우리가 도착한 건물은 앞마당이 탁 트여 있었다. 중앙에는 커다란 공 모양의 콘크리트 구조물이 철근 지지대 위에 놓여 있었다. 콘크리트 공은 홈이 파이고 군데군데 깨져 있어 표면이 매끄럽지 못했다. 그 모습이 흡사 상처 난 지구처럼 보였다. 공 모양의 조형물을 지나 건물 안으로 들어갔다. 벽면이 허물어져 있고 철근과 석면이 보였다.

"아직도 이런 곳이 있다니 믿을 수 없어요. 여기에 사람이 사나요?"

"살고 있지. 파괴하는 것보다 버리는 게 낫거든. 보기에 흉측해도 파괴할 때 발생하는 유해 물질을 지구는 감당할 수가 없으니까. 그러기에는 도시가 너무 많고 거대하거든. 여기에 사는 사람들도 버려진 도시와 같은 신세지."

건물에 들어선 우리는 아래로, 아래로 내려갔다. 위를 향해 지어진 건물이지만, 마치 그 건물의 용도가 지하에 있는 것처럼 계단을 따라 내려갔다.

꽤 많은 계단을 내려왔고, 꽤 많은 통로를 지났다. 통로는 골목보다 좁았고 벽면에 붙은 가스등은 드문드문 불을 밝히고 있었다. 가스등에서 휘발성 기름 냄새가 났다.

저만치 누군가 다가오고 있었다. 벽면의 가스등이 깜박거렸다. 검은 안대도 가까운 가스등의 불 조리개를 만지며 그에 응답했다. 그는 우리를 안내하듯 백여 미터 앞서 걸었다. 골목의 미로보다 더 복잡한 미로였다. 우리가 들어온 건물의 지하는 분명 아니었다. 미로는 건물과 건물 사이를 관통하는 게 틀림없었다.

마침내 들어선 곳은 꽤 번듯한 사무실이었다. 한쪽 벽면을 차지하고 있는 종이책이 눈에 띄었다. 종이책이 완전히 사라진 건 아니지만 이렇게 많은 종이책을 본 건 처음이었다. 모든 글자나 정보를 홀로그램으로 보기 때문에 굳이 종이책이 필요하지 않을뿐더러, 나무를 베는 행위를 하면 더 무거운 형벌을 받기 때문에 종이를 이용한 물건들을 보기란 쉽지 않았다.

책상 앞에 앉아서 우리를 맞이한 사람은 한쪽 다리가 의족이었다. 금색으로 도금된 기계 다리가 무릎부터 이어져 있었다. 금색 발목 밑에 신은 흰색 나이키 운동화가 더 새하얘 보였다.

"추적기군. 어느 쪽이지?"

나이키는 라온과 나를 번갈아 쳐다보며 서랍에서 상자 하나를 꺼냈다.

"모튤은 한 시간 전에 마셨네. 추적 장치는 일시 정지되었을 거야. 애 상태가 나쁘지 않아. 구토를 하지 않았으니까."

"어디 보자고."

나이키가 상자 속에서 하얀 면포를 꺼내서 책상에 깔았다. 면포 위에 금속으로 된 펜을 올려놨다. 길이와 굵기가 달랐다. 우리가 흔히 볼 수 있는 터치 펜과 비슷해 보였다. 다르다면 펜의 중간 부위가 투명한 관으로 되어 있었다. 라온이 마신 음료와 비슷한 색깔의 액체가 들어 있었다.

라온은 나이키 앞에 앉는 걸 두려워했다. 구석에 있는 의자를 끌어와 라온과 나란히 앉자, 그제야 안심이 되는 눈치였다.

"괜찮을 거야. 내가 옆에 있을게."

라온의 귀에 대고 속삭였다. 나이키가 그런 우리를 보더니 눈썹을 위로 치켜올리며 검은 안대를 쳐다봤다. 가끔 이런 시선을 엄마와 아빠도 주고받곤 했다. 라온과 나의 교감이 불편할 때 주로 그랬다.

추적기는 바로 귀 뒤쪽에 있는 머릿속에 삽입된 듯했다. 라온이 고개를 돌려 머리를 나이키 쪽으로 대 주었다. 시선이 자연스럽게 내 쪽으로 향했다. 녀석은 내 눈을 바라봤다. 나와 꼭 닮은 녀석의 시선을 마주할 때면 나는 언제나 불안했다. 아무것도 알 수 없는 눈빛이었다. 두려움도 아픔도 혹은 묻고 싶은 것도 없는 마치 투명한 유리를 마주할 때처럼, 모든 과정이 그대로 통과하여 미지의 어느 공간, 우주의 어둠 속으로 달려가는 것 같았다.

나이키는 짧은 펜을 들어 끝을 눌렀다. 가는 붉은 열선이 나타났다. 조심스럽게 펜을 라온의 머리에 대고 열선을 쏘았다. 라온이 살짝 얼굴을 찡그렸다. 아프지는 않은지 크게 동요하지는 않았다.

"열렸어. 오, 이건 처음 보는 장치야."

나이키가 막 두 번째 긴 펜을 쥐었을 때였다.

"비상이야! 노출된 것 같아."

우리를 안내하던 사람이 뛰어 들어왔다. 그제야 붉은 얼굴이 보였다. 피부가 거의 벗겨져 있었다.

"새로운 추적기 같아. 이걸 제거하면 녀석이 위험해질 수도 있어."

나이키가 신음하듯이 중얼거렸다.

"공을 들인 아이군."

검은 안대가 말했다.

나이키는 아무 대꾸도 하지 않은 채 두 번째 펜에 있는 액체를 라온의 머리에 주입했다.

"일단 모듈을 주입했어. 며칠은 냉각되어 제 기능을 못 하지만 완전하게 제거해야 안전해. 부작용이 있을지도 모르니까 잘 지켜봐야 하고."

"우선 여기를 떠야겠군. 자네한테 미안하게 됐네."

"이곳도 꽤 오래 버텼지. 떠날 때가 됐어. 너무 정들면 곤란하거든. 그런데 쌍둥이는 어쩔 셈이야?"

그도 우리를 쌍둥이라고 불렀다.

"이 녀석에게 달려 있지."

검은 안대가 날 바라봤다.

"돌려보내. 둘 다 위험해."

"알고 있어……."

나이키는 서둘러 몇 가지 물건을 챙겼다. 안내자도 구석에 있던 작은 수레를 끌고 와 책장에 있던 책 중 몇 권을 담기 시작했다. 그 모습이 익숙해 보였다. 분주하게 몸을 움직였지만 수없이 해 본 일처럼 조금도 당황하지 않았다.

일행은 우리가 지나쳐 온 어둡고 긴 통로로 나왔다.

"경보등을 켜!"

통로의 가스등이 붉게 타올랐다. 그러자 통로가 환하게 밝아졌다. 통로에는 몇몇 사람이 누워 있거나 앉아 있었다.

통로에 연결된 문들이 열렸다. 사람들이 쏟아져 나왔다. 다리가 없는 사람, 팔이 없는 사람, 눈이 없거나 가슴에 큰 흉터가 있거나, 표시가 나진 않지만 어딘가 단단히 고장 난 사람들이었다.

그러니까 그들은 절반의 사람들이었다. 아니, 2분의 1이었던 그들은 그 절반을 지키지 못하고 이곳저곳을 떠도는 이들이었다.

"다들 이곳을 떠나세요. 여긴 노출이 되었어요. 다음 구역에서 만납시다!"

"다음 구역이 어디죠?"

누군가 어둠 속에서 물었다.

"노랑 구름이 뜨는 곳을 찾으면 됩니다."

"노랑 구름이요?"

"해가 지는 곳으로 가야겠군."

검은 안대가 중얼거렸다.

"해가 지는 곳에 노랑 구름이 뜰까요? 우리도 그곳에 가나요?"

검은 안대가 나를 내려다봤다.

"일단 이곳에서 나가자."

라온의 손을 잡았다. 라온도 어느새 내 손을 찾고 있었.

그때였다. 긴 통로가 조금씩 흔들리기 시작했다.

"공격받고 있어요. 다들 조심하세요!"

안내자가 소리쳤다.

사람들이 우왕좌왕 무질서하게 흩어졌다. 통로는 다른 통로로 이어져 있고 자기만의 출구가 있었다.

"무서워……."

라온이 멈춰 섰다.

"가야 해."

하지만 라온은 꼼짝도 하지 않았다. 두려움이 모든 것을 멈추게 했다.

"라온아?"

"무서워……."

"우린 안전할 거다. 움직여야 해."

검은 안대가 라온을 바라보았다. 다행히 라온이 검은 안대의 말을 믿는 듯했다.

우리는 검은 안대의 등을 바라보며 통로를 걸었다. 흔들리던 천장에서 건물 부스러기가 떨어지고 벽에 금이 가기 시작했다. 문이 뒤틀리고 가스등이 저절로 꺼지거나 깨졌다. 나는 그의 등을 놓치지 않으려고 애썼다. 지금은 그만이 우릴 구원할 수 있을 것 같았다.

드디어 건물 밖으로 나왔다. 지구 형태의 커다란 구조물이 땅 위에서 뒹굴고 있었고, 거미 모양의 비행선들이 건물 사이를 오갔다. 우리는 광장으로 나가지 못하고 골목에 몸을 숨긴 채 상황을 지켜보았다.

"우리 때문에 노출이 된 건가요?"

추적기가 저것들을 불러온 것 같았다.

"그저 때가 된 것뿐이야. 흔한 일이란다."

검은 안대가 대수롭지 않게 말했다.

그때였다. 무작정 뛰어나온 사람들과 거동이 불편한 사람들을 비행선의 거미 팔이 잡아챘다. 거미 팔에 잡힌 사람들은 몸을 뒤틀며 저항했지만 소용없었다. 거미 팔에 의해 비행선 몸체로 빨려 들어갔다. 여기저기 비명이 터졌다.

하지만 다른 이들도 있었다. 사는 걸 포기한 것처럼 이 상황과 전혀 어울리지 않게 산책하듯 걷는 이들이었다. 거미 팔은 그들도 남김없이 잡았다. 이보다 더 쉬운 사냥은 없을 터였다.

"사람들을 구해야 해요."

그대로 두고 볼 수가 없었다.

"어쩔 수 없단다. 우리가 할 수 있는 일이 없어."

"왜 없어요? 싸우기라도 해야지요!"

"싸운다고? 무엇으로? 우리는 무기도 없고 저런 첨단 장비도 없어. 싸움도 힘이 있어야 하는 거다."

"당하고 있는 걸 이대로 지켜보기만 한다고요?"

"저들이 당하는 것처럼 보이니?"

"아니면요?"

"포기한 거야."

"포기라고요?"

"가장 소중한 걸 잃은 사람들이야. 더 잃을 게 없다는 거지."

"그게 눈인가요? 아니면 팔다리인가요? 그것 때문에 살기를 포기한다고요?"

"그들에게 그게 가장 소중한 걸까?"

검은 안대가 물었지만 답이 떠오르지 않았다.

"지금은 싸울 때가 아니란다."

"다음에는 싸우나요? 지금도 싸우지 않는데 다음에는 싸울까요?"

"……."

검은 안대가 한쪽 눈으로 나를 빤히 바라보았다.

"지금 피해야 해. 같이 갈 거니?"

나는 어쩔 수 없이 검은 안대를 따라가야만 했다. 라온을 지키려면 이 선택을 할 수밖에 없었다.

도시를 벗어나자, 숲 언저리에 노란 스카이 택이 기다리고 있었다. 여전히 자기 부상으로 달리는 택시가 남아 있었다.

"우린 레일을 따라갈 거야. 자네는?"

먼저 도착한 나이키가 물었다. 우리를 안내했던, 피부가 벗겨진 사나이는 검은 후드 망토로 온몸을 감싼 채 분주하게 움직이고 있었다. 햇빛에 피부가 노출되지 않도록 단단하게 채비를 한 것 같았다. 그는 쉴 새 없이 수레에 있는 짐을 택시에 옮겨 싣고 있었다.

"난 다음 기차를 기다려야지. 폐기물 처리 딱지를 가지고 있으니까 그리 위험하진 않을 거야. 나중에 보자고."

"노랑 구름을 띄울 테니 길을 잃지 말게. 가벼운 감정 때문에 길을 헤매면 안 되니까."

나이키가 짐을 다 싣고 기다리고 있는 안내자를 돌아봤다.

"잘 가게!"

나이키가 택시에 올라탔다. 안내자도 가볍게 묵념하듯 인사를 한 후 택시에 올랐다. 그들을 태운 택시가 한 줄짜리 레일을 따라 멀어져 갔다.

검은 안대는 스카이 택이 사라지자 우리를 바라봤다.

"너한테 두 가지 선택권이 있어. 어떤 걸 선택하든 그건 네 몫이야. 아무도 그 선택을 비난하지 않을 거다."

"어떤 선택이요?"

"라온이를 내게 맡기든가 둘 다 돌아가는 거지."

"라온이는 물건이 아니에요. 아저씨한테 맡길 순 없어요."

"그럼 집으로 돌아가면 되겠구나."

"돌아가면 라온이는 죽어요."

"돌아가지 않으면 너희 둘 다 죽어. 녀석이 너한테 그럴 만한 존재니? 그저 복제 인간일 뿐이야."

"그냥 복제 인간이 아니에요. 같은 걸 보고 같은 생각을 하며 자랐어요. 라온이는 다 알고 있어요."

"뭘 안다는 거지? 2단계는 진화할 수 없어. 알고 있잖아?"

"몰라요, 모른다고요! 우리는 진짜 쌍둥이란 말이에요."

"나를 설득할 수 없는데 누가 네 말을 믿어 주겠니? 애가 진화할 수 있다는 걸 증명해 봐."

"증명할 필요가 없어요. 진실이니까요."

"……."

검은 안대가 말을 잃었다. 시간은 점점 흐르고 있었다.

"내가 더 도울 수 있는 게 없을 것 같군."

혼잣말처럼 검은 안대가 중얼거렸다. 우리를 포기하려는 것이다. 마음이 조급해졌다.

"데려가서 어쩌려고요?"

서둘러 내가 물었다.

검은 안대가 손목에 삽입된 핸펀을 터치하더니 무엇인가를 확인했다. 아무래도 시간을 가늠해 보는 것 같았다.

"나는 녀석을 살릴 수도 있지."

"어떻게요?"

"그들이 모여 사는 곳이 있어."

"아트란은 사라졌다면서요?"

"제2, 제3의 아트란은 계속 만들어질 거다. 아니, 이미 존재하고 있지. 쌍둥이들을 만드는 한 아트란은 사라질 수 없으니까."

믿고 싶은 마음이 간절했다. 하지만 만난 지 하루도 안 되는 검은 안대를 무턱대고 믿을 수는 없었다. 복제 인간을 노리는 이들은 많았다. 암암리에 쌍둥이들을 거래한다는 소문도 있었다.

"……아저씨를 믿을 수 없어요. 그러니까 함께 가야 해요."

"버려진 폐기물은 감시가 소홀해. 하지만 누군가의 재산이라면 사정이 달라져. 순수 인간은 끝까지 자기 것을 찾으러 다닐 거야."

"어차피 라온이가 없다면 전 곧 죽을 거예요. 그때까지 함께 있고 싶어요."

"간단하구나. 더는 너와 실랑이할 시간이 없어. 행운을 비마."

검은 안대는 내 말이 끝나자마자 뒤돌아서더니, 숲을 향해 걷기 시작했다.

우리는 멀뚱히 서서 검은 안대의 뒷모습을 지켜봤다.

그의 말이 맞았다. 나는 선택해야 한다. 이대로 라온을 데리고 간다면 결국 집으로 가게 될 것이다. 내 심장은 곧 멈출 것이고 라온의 심장이 내게 올 것이다. 내가 살고 라온이 죽는다.

기차에 탄 순간 나는 죽고 라온은 살 것이라고 믿었던가? 모르겠다. 적어도 나는 라온이 없는 세상을 상상해 본 적이 없다. 라온의 심장으로 남은 인생을 온전히 잘 살 수 있을까? 라온과 나눈 모든 걸 잊을 수 있을까? 이 아이를 잃고 완전한 1이 될 수 있을까?

어떤 죽음이든 슬픔이라는 걸 맞닥뜨려야 한다. 내가 살든 라온이 살든.

다섯 살이 되던 날, 라온이 우리 집에 왔다. 나는 라온이라는 이름을 지어 줬다. 하지만 부모님은 이름을 지어 주는 것에 반대

했다. 심지어 이름을 부르지 못하게 했다. 남들처럼 '원스'라는 상품명으로 부르길 원했다. 라온을 '원스'라는 이름으로 부를 수 없었다. 마치 나 자신을 그렇게 부르는 것 같았다.

호란의 말은 틀렸다. 이 세상에 완전한 1이란 존재하지 않는다. 신의 숫자이자 우주의 수이며, 영원한 참이자 진실인 1은 인간을 신으로 만들어 줄 거라 착각했다. 그 믿음이 만들어 낸 원스는 바로 우리였다. 바로 나.

"기다려요!"

라온의 손을 꽉 쥐고 뛰기 시작했다. 검은 안대가 멈춰 섰다.

"노랑 구름이 뜰까요?"

"인류는 언제나 굉장한 걸 발견하거든. 폐기물을 안전하게 폐기하는 방법 말이다. 도시는 철거할 수 없지만 폐기물은 영원히 폐기되어야 하거든. 원스를 폐기할 때마다 노랑 구름이 떴어. 어둠이 오는 시간에 붉은 노을 대신 왜 노랑 구름이 뜰까? 특수한 화학 물질이 해가 질 무렵 드러나거든. 노랑 구름이 뜨면 안전하게 삭제될 줄 알았겠지. 그것이 시냅스를 자극할 거라고 상상도 못 한 거야. 인류의 대단했던 혁명은 항상 실수에서 시작되었어. 노랑 구름이 뜨면 혁명이 시작될 거란다. 인식에 눈뜬 우리의 진화는 계속 이어질 테니까. 노랑 구름을 기다리렴."

"제가 죽기 전에 혁명이 완전해질까요?"

"안타깝지만 약속할 수 없구나."

"……이제 가세요."

라온을 두고 두어 걸음 물러섰다.

"진심이냐?"

"네."

"후회하지 않을 자신 있니?"

"네……."

"네가 죽는 그 순간에도?"

나도 모르게 고개를 끄덕였다.

가슴안에서 더운 기운이 차오르는 것 같았다. 억지로 그 기운을 누르고 있었다.

순간 라온이 뒤로 물러서 내 옆에 섰다.

"가야 돼."

라온과 눈이 마주쳤다. 여전히 아무것도 읽을 수 없는 눈빛이었다.

"가……."

라온의 손을 억지로 끌어다 검은 안대의 툭툭한 손에 맡겼다.

"아까 그 사람들, 더는 잃을 게 없다고 했는데 라온이도 그럴까요?"

"너에게 버림받았다면 그렇겠지. 가장 소중한 이에게 버림받는다는 건 사는 의미를 잃는 것과 같단다. 저들은 가장 사랑하는 이에게 버림받았어. 포기는 매우 단순하지. 의미가 사라지면 포기는 쉬운 법이란다. 그런데 라온이는 버림이 아니라 구원이겠구나."

"아니요, 구원은 제가 받았어요."

라온도 이 순간 무엇을 선택해야 하는지 본능적으로 아는 것 같았다. 검은 안대의 손을 꼭 잡고 있었다.

"걱정하지 마라. 라온이와 같은 종족이 네가 생각하는 것보다 많이 있어."

검은 안대가 안대를 살짝 들어 올리며 살포시 웃었다. 있어야 할 살아 있는 눈동자 대신 검은 눈동자가 정지된 채 얼음처럼 고여 있었다.

"아저씨를 믿어 볼게요."

"너를 안심시키려고 하는 말이 아니야. 난 5단계 원스지만 뇌 대신 눈만 잃었지. 원스의 시냅스가 진화한다는 건 이미 몇몇 사람들은 알고 있어. 그래서 두려운 거야."

"역시 아저씨도 원스였군요?"

지하 건물에서 만난 사람들을 보자, 검은 안대에 대해서 짐작할 수 있었다. 하지만 5단계 지능이 이 정도일 줄은 몰랐다.

"그렇단다."

검은 안대가 고개를 끄덕였다. 나를 바라보는 그의 한쪽 눈은 지독하게 까맸고 깊어 보였다.

"라온이도 가능할까요?"

"진화 말이냐?"

"네."

"넌 이미 알고 있는 것 같은데?"

순간 라온이 나처럼 웃고, 말하고, 눈물 흘리는 모습을 상상하다 고개를 흔들었다. 라온이 나와 같지 않아서 실망한 적은 단 한 번도 없었다.

"데리고 가세요. 전 기차를 탈게요."

라온을 향해 손을 뻗으려다 말았다. 어차피 보내야 할 시간이었다.

"먼저 가렴."

나는 돌아서서 빠른 걸음으로 걷기 시작했다. 발끝이 자꾸만 어딘가에 걸리는 듯했지만, 멈추지 않았다.

얼마나 걸었을까, 숨이 찼다. 허리에 두 손을 올리고 거칠게 숨을 골랐다. 천천히 고개를 돌려 뒤를 바라보았다. 라온과 검은 안대는 여전히 손을 잡고 걷고 있었다. 멀어지는 두 사람은 흡사 아버지와 어린 아들처럼 보였다. 나와 비슷했던 라온은 나보다 훨씬 어린아이가 되었다. 아니, 라온이 자라지 않은 게 아니라 내가 너무 빨리 자란 걸지도 모른다. 한 번쯤은 나를 향해 고개를 돌리지 않을까 생각했지만, 그들은 이내 내 시야 밖으로 사라졌다. 눈이 시큰했다.

휘이잉!

바람이 일었다. 숲을 가르는 바람이었다.

위이잉!

멀리서 비행선이 출발하는 소리가 들렸다.

그날 죽음의 문턱 앞에서 나를 애타게 불렀던 그 소리도 있었다. 심연의 깊은 곳에 가라앉던 내 의식을 깨우던 그 소리, 간절함과 구원의 소리, 나를 이번 생으로 끌어올렸던 그 소리!

혀⋯⋯ 엉⋯⋯.

혀엉!

형!

가족 계약

최이랑

작가의 말

미래, 우리 사회는 어떤 모습일까요? 기후 위기에 따른 지구 환경의 변화와 우주 탐사를 비롯한 과학 기술의 발달로, 우리 일상의 많은 부분이 상당한 크기로 달라질 것만 같은 위기감 혹은 기대감이 머물다 가곤 하는데요. 그중에서도 나의 일상에 가장 큰 부분을 차지하는 '가족'은 과연 어떤 변화를 겪으며 굴절해 갈까요?

가까운 미래의 가족 환경조차 섣불리 가늠하기 어려운 시기, 조금 더 먼 미래의 어느 날에는 작품 속 디가 사는 사회처럼 자궁이 아닌 수정고에서 출생하여 정해진 기간을 거치고 난 뒤 스스로 원하는 가족을 계약을 통해 꾸려 갈 수 있지 않을까. 그에 따라 계급 구조가 발생하고 빈부의 격차가 더 크게 벌어질 수도 있겠지만 개개인의 꿈과 희망에 따른 선택의 폭은 더 넓어질 수도 있지 않을까. 그런데 그렇게 선택하여 얻어 낸 '가족'과 함께한다면 온전히 만족할 수 있을까?

답도 없는 물음을 끊임없이 되풀이하며 만들어 낸 미래, 어느 날의 가족 이야기에 공감해 주는 친구들은 몇이나 될지 몹시 궁금합니다.

- 최이랑 -

디는 은빛으로 반짝이는 건물 앞에 우뚝 섰다. 건물 입구에는 '국립가족조직연구원'이라는 글자가 선명하게 박혀 있었다. 디는 며칠 전 이곳에서 보낸 안내 메시지를 받았다.

축하합니다.
디 님은 가족 계약의 주체가 되었습니다.
새로운 가족 계약을 원한다면 아래 링크를 클릭해 주세요.
– 국립가족조직연구원 –

기다리고 기다리던 메시지였다. 디는 안내 메시지를 받자마자 연구원에서 보낸 링크를 클릭하고, 방문 상담을 신청했다. 그리고 상담 안내에 따라 오늘 이곳을 찾았다. 마치 백 미터 달리기의 출발선에 선 것처럼 디의 심장이 요란하게 들썩거렸다. 디는 크게 심호흡을 하고 은빛 건물 안으로 들어섰다.

반갑습니다. 12층 상담실 감마에게 안내합니다.

음성과 함께 출입문 앞에 있는 원통형 엘리베이터의 문이 열렸다. 디가 소지하고 있는 패드로부터 디와 관련된 정보가 건물 내부로 전송되고 있었다. 디가 엘리베이터에 발을 들이자 엘리베이터는 곧장 12층으로 향했다.
"어서 오세요. 저는 상담사 감마입니다."
엘리베이터 앞에서 하얀 블라우스를 입은 상담사 감마가 디를 반겼다. 분명히 안드로이드일 텐데 상담사 감마는 진짜 사람 같았다. 디를 바라보는 눈빛은 따스했고 살짝 올라간 입꼬리는 부드러웠다.
이런 얼굴의 엄마가 있어도 좋을 텐데……. 디는 잠깐 엉뚱한 상상을 했다.
상담실은 통창이 있는 자그마한 공간이었다. 둥그스름한 탁자에 온몸이 폭 감기는 일인용 소파가 편안함을 자아내고, 아무런 장식이 없는 벽면에는 연둣빛 실크 벽지가 주황색 무드 조명에 비쳐 은은한 분위기를 만들었다.

"이미 알고 있겠지만, 그래도 정확한 정보를 전달해야 해서요. 가족 계약에 대해서 설명해 드리겠습니다."

감마가 탁자에 손을 얹었다. 그러자 디의 눈앞에 홀로그램이 나타났다.

본인이 선택하지도 않은 사람들을 단지 부모라는 이유로 평생 함께해야 하는 건 대단히 불합리합니다. 우리에게는 본인에게 잘 맞는 가족을 스스로 선택하고 유지할 자유와 권리가 있습니다. 때문에 국가에서는 가족조직연구원의 '가족 계약'을 통해 3년을 주기로 누구에게나 가족을 바꿀 수 있는 기회를 제공합니다. 가족 계약의 시작 시기는 열다섯 살이 되는 생일이며, 스물한 살까지는 반드시 누군가와 가족을 이루어 살아야 합니다.

감마가 이야기했듯 디도 익히 알고 있는 내용이었다. 두근두근 설레던 기운은 온데간데없이 사라졌다. 디는 소파에 몸을 기댄 채 홀로그램이 읊어 대는 설명을 한 귀로 흘렸다.

"잘 참으셨습니다."

감마가 빙그레 미소를 지으며 손뼉을 쳤다. 동시에 디와 감마 사이를 가로막고 있던 홀로그램이 사라졌다.

"디는 새로운 가족이 필요한가요?"

감마가 부드러운 미소로 디를 응대했다. 디는 온 힘을 다해서 고개를 끄덕였다. 그만큼 간절하다는 걸 감마에게 꼭 알려 주고 싶었다.

"이유가 뭘까요?"

감마가 고개를 살짝 기울이며 손가락 끝으로 탁자를 톡톡 두드렸다. 순간 상담 테이블이 양쪽으로 열리더니 향기로운 차와 쿠키가 담긴 쟁반이 스르르 올라왔다. 이야기가 길어질 것을 예감한 듯했다. 디는 주황색 찻잔에 담긴 차를 입안에 머금었다. 따스한 기운이 입안에서 몸 전체로 흘렀다. 마음이 조금 편안해졌다. 감마가 싱긋 웃더니 손가락으로 벽면을 가리켰다. 벽면에 네모반듯한 홀로그램이 발생하고, 아주 오래전에 찍어 놓은 듯한 영상이 흘렀다.

*

서른 살의 소유는 말간 얼굴로 투명창 안쪽을 들여다보았다. 남편 모화도 한껏 설레는 표정으로 소유의 어깨를 잡고 투명창 안쪽으로 눈을 고정했다. 투명창 안쪽에는 각종 세균을 차단시키는 살균 막이 둘러쳐 있었다. 잠시 뒤 살균 막 사이로 큼지막한 원통이 밀려 들어왔다. 원통 뒤로는 의료 지원을 담당하는 안드로이드가 따라붙었다.

"오오!"

소유와 모화의 입에서 탄성이 터지고, 두 사람의 심장 박동 수도 빠르게 올랐다.

"진정하셔야 합니다."

안드로이드가 원통을 가로막고 소유와 모화를 쳐다보았다. 소유와 모화는 두 손으로 가슴을 꾹 눌렀다. 자그마치 열 달을 기다린 순간이었다. 심박수 이상으로 이 순간을 놓칠 수는 없었다.

"소유와 모화의 DNA로 수정된 아가의 이름은 무엇인가요?"

안드로이드가 물었고, 소유와 모화는 입을 맞춰 "디!"라고 답했다. 소유와 모화의 앞을 가로막고 있던 안드로이드가 옆으로 비켜섰다.

디링!

알람과 함께 원통에 자그마한 초록 불이 켜졌다. 마치 반짝이는 별빛 같았다. 소유와 모화는 두 손을 모으고 기도하듯 원통을 바라보았다. 두 사람의 정자와 난자에서 수정되어 열 달 동안 태반고에서 자란 아들, 디를 만나는 순간이었다.

디리리링!

초록 불이 부드럽게 점멸하며 원통이 열렸다. 동시에 "으앙!" 울음소리가 울렸다.

"오, 우리 아기!"

소유와 모화는 감격의 눈물을 흘리며 서로를 끌어안았다. 소유와 모화에게 새로운 가족, 디가 생겼다.

*

"저한테 이걸 왜 보여 주는 거죠?"

무방비 상태로 디는 본인이 태어나던 순간을 마주했다. 아니, 그 순간의 엄마와 아빠를 보고 말았다. 디는 딱딱하게 굳은 얼굴로 감마를 노려보았다. 감마가 고개를 홰홰 저었다.

"오해하지 말아요. 이곳에 오면 누구에게나 보여 주는 영상입니다. 본인이 탄생하던 순간은 기억해야 하니까요."

"그걸 왜 꼭 기억해야 하나요?"

디는 매섭게 물었다. 감마는 또 빙시레 웃었다.

"본인이 얼마나 귀한 사람인지를 다시 한 번 인지시켜 주는 거예요. 아주 큰 사랑을 받으며 태어난 사람이라는 것을요."

그래도 디는 잔뜩 굳은 얼굴을 풀 수 없었다. 디가 태어나는 순간, 서로를 얼싸안으며 감격의 눈물을 흘리던 엄마와 아빠는 낯설었다. 태반고에서 깨어나 힘차게 울어 대는 디를 보며 엄마와 아빠는 무슨 생각을 했을까 궁금했다.

"이제 디의 차례예요."

감마가 부드럽게 말을 붙었다.

"디는 왜 지금의 가족을 벗어나려는 건가요?"

열다섯 살 생일 즈음에 가족조직연구원을 방문한다는 건 새로운 가족을 만나겠다는 의지의 표현이었다. 디는 새로운 가족을 원했다. 그리고 지금부터 그 이유를 차근차근 밝혀야 했다.

디는 찻잔을 잡았다. 이제는 감마가 알지 못하는 디의 현재를 드러내 보여야 했다. 생각만으로도 입안이 바짝 말랐다.

"디의 엄마, 소유는 바이오 식품 개발 연구원, 맞나요?"

감마가 물었다. 디는 고개를 끄덕였다. 건강하게 오래 살기를 꿈꾸는 사람들에게 바이오 식품 개발은 대단히 의미 있는 작업이었고, 때문에 디의 엄마, 소유는 중산 A급의 지위를 유지하는 데 아무런 문제가 없었다.

디의 나라에는 계급이 있었다. 사업체를 운영하거나 정치를 하는 사람들 그리고 안드로이드를 개발해 내는 과학자들은 상류급에 속했고, 그들은 그들만의 세계에서 따로 살았다.

들리는 말로는, 정제된 산소가 분사되는 투명막으로 햇볕과 오존층을 제어하고, 일상의 많은 일들을 인공 지능 안드로이드에게 맡기며, 오로지 자신들이 진행하는 일에만 초집중을 한다고 했다. 그리고 상류급의 활동은 중산급과 하위급의 일상에도 꽤나 큰 영향을 미쳤다.

중산급은 다시 A급부터 D급까지 세분되었는데, 분류의 기준은 역시 직업이었다. 사람들에게 유용한 일을 할수록 A급의 대우를 받았고, 중산 A급은 능력에 따라 상류급으로 진입할 수도 있었다.

"디의 아빠, 모화는 드론 유통업에 종사하고 있네요."

가족 계약

감마는 확인이 필요한 듯 디를 바라보았다. 디는 무표정하게 감마를 쳐다보았다. 어차피 알고 있으면서 왜 자꾸 확인을 하려는 걸까. 디는 감마도 엄마와 똑같다는 생각이 들었다. 엄마, 소유도 디만 보면 이것저것 확인하려고 들었다. 하나하나 대답을 하면서 디는 종종 피로감을 느꼈다. 지금도 마찬가지였다.

"바이오 식품 개발 연구원과 드론 유통업자라면……."

"중산 A급입니다."

디는 목소리에 바짝 힘을 넣으며 감마의 말을 끊었다. 디의 아빠, 모화는 드론을 원격으로 조종해서 사람들이 필요로 하는 물건을 순식간에 배송했다. 각자의 일상을 소중히 여기는 사람들에게 드론 유통업은 꽤나 필요한 일이었다.

"중산 A급이면 충분히 훌륭한 가정이거든요."

감마가 눈썹 한쪽을 치켜뜨며 디를 보았다. 중산 A급의 가족에게서 왜 벗어나려 하느냐 따지는 듯했다. 까딱하다가 감마에게 휘둘려 새로운 가족 계약을 포기할 수도 있었다. 디는 마음에도 바짝 힘을 넣었다. 마음을 단단히 먹고 이야기를 나누어야 할 것 같았다.

"보통 가족 계약을 새로 체결하고 싶어 하는 아이들은 중산 D급이거나 하위급에 속해 있습니다."

픕! 디의 입술 사이로 코웃음이 터졌다. 역시나 감마는 가족 계약 체결을 돕는 안드로이드일 뿐이었다. 모든 것을 수치화하여 자료로 분류하고 전송하는 통계형 안드로이드.

'사람은 돈만 가지고 사는 게 아니거든요.'

디는 감마에게 이렇게 말하고 싶었다. 하지만 디는 말을 속으로 삼켰다. 지금 디는 감마와 논쟁을 펼치러 온 게 아니었다.

"저희 부모님은 아주 훌륭하세요. 십 년이 넘도록 같은 직업군 안에서 성실하게 일해 오셨고 그만큼 능력도 인정받고 계시지요."

디는 제법 어른스러운 투로 말을 뱉었다. 그러면서도 감마의 눈이 반짝 빛나는 걸 놓치지 않았다. 감마는 디의 말에 관심을 드러냈다.

*

방문 밖에서 알람이 울었다. 아침을 깨우는 소리. 디는 고단한 눈을 비비며 자리에서 일어났다. 알람이 끝나기 전에 디는 침대에서 일어나 방 밖으로 나가야 했다.

"안녕히 주무셨어요?"

"그래, 디! 잘 잤니?"

"좋은 꿈 꿨어?"

아빠와 엄마가 상냥한 목소리로 디의 인사를 받았다.

늘 그랬다. 그래서 가끔은 디의 부모님이 안드로이드가 아닐까 의심한 적도 있었다.

"아침 먹고, 학교에 가야지?"

엄마가 부드럽게 말을 붙였다. 뻔하고도 당연한 말이었다.

디의 가족 중, 일상을 위해 매일 아침 집 밖으로 나서는 사람은 디가 유일했다. 엄마와 아빠는 집 안에 마련된 각자의 작업실에서 각자의 업무를 보았다.

실험이 필요할 때에도 엄마는 작업실 한쪽에 꾸려 놓은 연구실에서, 갖가지 재료들을 조각내서 분석하고, 다른 재료와 섞고, 찌거나 삶거나 볶고 말리는 일을 거침없이 해 댔다. 가끔씩 연구소 사람들과 회의가 필요할 때에는 랜선으로 회의실을 만들고 하루 종일 논쟁을 벌였다.

아빠의 일도 집 안의 작업실에서 가능했다. 소비자의 주문을 받고, 메타버스를 통해 해당 물품을 찾아 정해진 주소로 배송을 하면 끝나는 일이었다. 모든 과정은 원격 드론 조종기만 있으면 충분했다.

다만 아빠의 일은 엄마에 비해 전문성이 떨어지는 간단한 일에 속해서 아빠의 영역으로 침투해 들어오는 드론이 늘어났다. 소비자의 선택이 다양해진 거라, 아빠는 다른 드론 유통업자에게 이렇다 저렇다 불만을 늘어놓을 수 없었다. 당연히 함부로 쫓아낼 수도 없었다.

아빠는 주문 물품의 종류를 늘리고, 배송 수수료를 낮추고,

포인트 제도를 다양화해서 경쟁력을 높이느라 정신이 없었다. 만약에 아빠가, 엄마가 개발한 식품의 유통 독점권을 지니고 있지 않았다면 아빠의 지위는 중산 B급이나 C급으로 내려갈 수도 있었다.

중산 A급을 유지하는 데 엄마의 지분은 상당히 컸고, 때문에 엄마의 권력은 막강했다. 엄마의 말 한마디가 집안의 규칙이었고, 집안의 규칙은 무조건 따라야 했다.

엄마는 디에게도 규칙을 정해 놓았다. 디가 이용하는 메타버스 플랫폼과 관련된 것으로, 어디든 자유롭게 드나들며 쉴 수 있는 힐링피스는 하루에 딱 한 시간만 이용할 것. 그 외 학교를 졸업하고 전문 직종을 선택하는 데 유리하게 작용될, 다양한 교과목의 학습 플랫폼인 아카데미 하우스는 하루에 여섯 시간씩 무조건 머무를 것이었다.

디는 힐링피스에 머무는 시간을 누구보다 좋아했지만 엄마가 정해 놓은 규칙에 함부로 저항할 수 없었다.

"다녀오겠습니다!"

엄마가 개발한 간편 식품으로 아침을 때우고, 디는 패드를 들고 집을 나섰다. 학교에 가기 위해서였다. 중산급 가정의 아이들은 여덟 살이 되는 해부터 십 년 동안 학교에 다녔다. 이건 엄마가 아닌 나라에서 정한 규율이었다. 학교에서는 중산급 아이들이 지키고 알아야 할 여러 가지 것들을 다양하게 가르쳤고, 학교를 마쳐야만 중산급을 유지할 수 있는 직업을 선택할 수 있었다.

"아, 이제 3년 남았다!"

학교로 향하는 무궤도 트램 안에서 같은 학교에 다니고 있는 또래 친구, 시우가 한숨을 뱉었다. 시우는 희한하리만큼 학교를 싫어했다.

"넌 학교가 왜 그렇게 싫어?"

"답답해. 온통 감시받는 기분이야."

시우가 고개를 홰홰 저었다. 디는 시우를 바라보며 히죽 웃었다. 디는 시우의 마음도 충분히 이해할 수 있었다.

학교는 같은 해에 태어난 또래 아이들을 하나의 학년으로 묶어 총 10학년으로 운영되었는데, 디와 시우가 다니고 있는 8학년은 12명씩 총 세 개 반으로 나뉘어 있었다. 학교에는 각 학급의 담임을 포함하여 과목별 선생님과 학교 안의 여러 가지 일을 살피는 안드로이드가 학생 수만큼이나 많았는데 그중에서도 가드 안드로이드의 숫자는 월등했다.

가드 안드로이드는 지나치게 부지런하고 철저했다. 학생이 세 명 이상 모여서 속닥거리기라도 하면 어디에서든 가드 안드로이드가 나타나, 학생들이 나누던 이야기를 되짚고 학생들이 앞으로 하고자 하는 일들을 칼날처럼 결정해 버렸다. 한마디로 학교 안에서 학생들의 자율권은 없었다. 나라에서는 학교와 선생님 그리고 학생들의 안전을 위한 조치라고 했지만, 디 역시 때때로

답답한 느낌에 사로잡히곤 했다. 그래도 디는 학교를 잘 마치고 싶었다.

"우리 디가 무사히 학교를 마치고 전문 직업을 갖게 되면 우리 가족은 달라질 거야."

식사 시간에만 얼굴을 마주할 수 있는 엄마는 습관처럼 비슷한 말을 되풀이하곤 했다. 아빠도 엄마 옆에서 매우 뿌듯한 얼굴로 디를 바라보았다. 디는 엄마와 아빠를 번갈아 보며 고개를 갸우뚱 저었다.

"뭐가 어떻게 달라지는데요?"

엄마는 함박웃음을 지으며 디에게 말했다.

"너도 나처럼 식품 관련 전문 직종을 선택해. 그러면 우리는 상류급으로 올라갈 수 있어."

"진짜요?"

엄마 말에 따르면, 디가 학교를 마치고 식품 관련 전문 직종에 종사하게 되면, 엄마는 지금 일하고 있는 연구원을 그만두고 사업체를 차릴 거라고 했다.

"엄마 혼자 힘으로는 벅차지만 네가 옆에서 나를 돕는다면 얼마든지 가능해!"

"아빠도 엄마 사업체 안에서 유통을 전담하는 부서를 꾸려 갈 수 있어."

아빠 목소리가 우렁차게 울렸다. 그만큼 신바람이 난 듯했다.

"내가 엄마를 도울 수 있을까요?"

디는 식품과 관련된 과목을 딱히 좋아하지 않았다. 예를 들자면 화학이나 생명, 조리 같은 과목 말이다. 그럼에도 엄마는 할 수 있다고 했다. 엄마가 도울 테니 걱정하지 말라고도 했다. 대신 무조건이라는 단서를 붙였다. 무조건 식품 관련 전문 직종을 선택할 것.

엄마의 자신감이 조금 무섭기는 했지만 싫지는 않았다.

상류층이라니! 생각만으로도 가슴이 쿵덕쿵덕 뛰는 듯했다. 그래서 하루에 여섯 시간씩 아카데미 하우스에 머물며 식품 관련 전문 직종에 필요한 과목들을 공부하고 관련 스킬을 익혔다. 그래야만 할 것 같았다.

*

감마가 고개를 까딱거렸다. 그러고는 알 수 없다는 얼굴로 디를 바라보았다. 디는 말을 멈추고 감마와 눈을 맞췄다.

"지금까지 들은 바에 따르면……."

감마는 디와 디의 부모 사이에 아무런 문제가 없다고 생각하는 듯했다.

"문제는 지금부터 시작이에요!"

쓸데없는 말을 너무 장황하게 늘어놓았다. 진짜 중요한 말은 지금부터 시작이었다. 감마는 알겠다는 듯 소파에 몸을 기대었다. 디는 따끈한 차를 한 모금 마시고 다시 입을 열었다.

"넉 달 전이었어요. 학교 과학실에서 양자 역학 실험을 마치고 교실로 돌아가는 길이었지요."

*

낯선 소리가 디의 귓바퀴를 파고들었다. 바로 옆, 시우에게서 나는 소리였다.

"뭐야?"

디가 눈을 휘둥그레 뜨고 시우를 쳐다보았다. 동시에 낯선 소리가 사라졌다.

"뭐가?"

시우가 물었다.

"방금 말이야. 너한테서 무슨 소리가 났는데?"

"소리?"

시우는 패드를 들고 있는 손을 번쩍 들어 올리고는 자기 몸을 두리번두리번 살폈다. 동시에 가드 안드로이드가 소리 없이 날아왔다. 그러고는 다급한 목소리로 무슨 일이냐고 물었다.

"아무 일도 아니에요!"

디의 말에 안드로이드는 고개를 저으며 시우를 보았다. 시우

가족 계약

가 번쩍 들어 올린 손이 문제였다.

"아, 그냥 내 옷이 좀 이상한가 싶어서 살펴본 것뿐이에요. 아무 일도 없었어요."

시우의 대꾸에도 가드 안드로이드는 물러서지 않았다.

디와 시우의 맥박을 체크하고 체온을 확인한 다음에야 교실로 들어가라 일렀다. 학교에서는 정말 단순한 일조차 할 수 있는 게 없었다.

아까 무슨 소리를 들었다는 거야?

교실에서 시우가 메신저를 보냈다.

뭔가 부드럽고 가벼운 소리였어. 몸이 가벼워지는 소리.

가벼워지는 소리가 뭐야! 엉뚱한 녀석!

시우는 디가 들은 소리를 해프닝으로 넘겨 버렸다. 디는 새끼손가락으로 귓구멍을 후볐다. 아무래도 잘못 들었지 싶었다. 하지만 수업을 마치고 무궤도 트램으로 이동하는 중간에 디는 또 그 소리를 들어 버렸다. 역시나 시우에게서 나는 소리였다.

"지금 너, 뭐 한 거야?"

디가 물었고, 그제야 시우는 알겠다는 듯 손뼉을 치더니 작은 소리로 말했다.

"노래야."

"노래?"

디의 물음에 시우는 수줍은 듯 고개를 숙이며 싱긋 웃었다.

"네가 노래를 불렀단 말이야?"

디의 나라에서 노래는 사이버 가수의 영역이다. 패드에 저장되어 있는 뮤직 사이트에 접속하면, 매우 많은 사이버 가수들이 그보다 더 많은 장르의 노래를 매일같이 쏟아냈고, 청자의 기분이나 상황에 따라 최적화된 것들을 골라서 들려주곤 했다. 그러니까 잠깐씩 짬이 날 때 뮤직 사이트에 접속해서 사이버 가수의 노래를 듣다가 한 번 더 듣고 싶은 노래가 생기면 따로 저장해서 잠자기 전에 한 번 듣는 게 전부라고나 할까.

디의 나라에서 노래란 그 정도의 가치가 있는 것이었다. 있으면 심심하지 않은 것, 없어도 아무런 문제가 없는 것, 그만큼 중산급에게 노래는 크게 중요하지 않았다. 그래서 중산급에 노래하는 사람은 존재하지 않는 직업군이었다. 그런데 스치듯 들어 버린 시우의 노래가 디의 가슴을 쿵쿵 때리고 있었다.

"듣기 좋았어!"

디가 활짝 웃으며 말을 붙였다. 진짜였다. 시우의 노래는 부드럽고 맑고 가벼웠다. 디의 마음이 단번에 날아갈 것만 같았다.

"그런데 무슨 노래를 부른 거야? 처음 듣는 것 같은데!"

"직접 만든 거야."

"뭐라고?"

디의 눈이 휘둥그레졌다. 사이버 가수가 아닌, 사람이 노래를 부르는 것도 놀라운데, 그걸 직접 만들기까지 했다니. 디의 나라에서는 있을 수 없는 일이었다. 노래를 만들고 부르는 건 모두 안드로이드가 하는 일이었다. 노래라는 사업에 사람이 개입할 수 있는 건 하나였다. 사이버 가수가 부른 노래를 사람들이 듣기 편하게 믹싱하는 것. 그것만큼은 기계보다는 소리에 민감한 사람이 하는 편이 훨씬 낫다고 했다. 그런데 지금 디가 들은 노래는 확실히 달랐다. 기계음이 하나도 섞이지 않은 사람의 목소리로 듣는 노래는 신비롭기까지 했다.

"다시 불러 봐."

디가 안달을 내는데 가드 안드로이드가 나타났다. 가드 안드로이드는 종종 하굣길에도 나타나곤 했다. 하굣길까지는 학교의 책임이라는 거였다.

가드 안드로이드는 디에게 심박수가 이상하다고 했다. 디는 안드로이드의 안내에 따라 호흡을 가다듬었다.

"무슨 일 있는 건 아니지요?"

안드로이드의 목소리에는 의심이 가득했다. 디와 시우는 손사래를 치며 아무 일 없다고 거듭 말했다. 안드로이드에게 시우가 노래를 만들어 불렀다는 사실을 알릴 수 없었다.

"정확하게는 아빠가 만들었어. 내가 불렀고……. 나는 가수가 되고 싶어."

트램에서 시우가 나직하게 말했다. 마치 고백이라도 하듯 수줍은 목소리에서 시우의 진심이 느껴졌다.

하지만 중대한 문제가 있었다.

"가수라는 직업은 중산급 아이들의 선택지에 없어."

디가 목소리를 한껏 낮추고 시우를 보았다. 시우 얼굴은 이내 침울해졌다. 시우의 행복한 상상을 디가 깨뜨린 것 같았다. 미안했다.

어느새 디가 내려야 할 지점이었다. 디는 시우와 더 많은 이야기를 나누고 싶었다.

힐링피스에서 만나. P-4 구역. 나무 의자.

디는 시우를 바라보며 메신저를 보냈다. 시우가 알겠다는 듯 고개를 끄덕였다.

디는 집으로 들어오기가 무섭게 메타버스에 접속했다. 어차피 엄마와 아빠는 방에 틀어박혀서 각자의 시간을 보내고 있을 것이다.

디는 빠르게 자신의 아바타를 움직여 P-4로 다가갔다. P-4

구역은 커다란 나무와 푸른 잔디와 호수가 한눈에 담기는 포인트로, 사람들의 왕래가 적어 고요했다. 새소리와 불어오는 바람 소리 그리고 호수에서 물고기가 첨벙대는 소리만 이따금씩 울렸다. 디는 얼른 시간을 확인했다. 힐링피스에 들어온 지 벌써 5분이 지났다. 마음이 자꾸만 초조해졌다. 디는 아랫입술만 우물우물 씹었다. 마침 시우 아바타가 보였다. 디는 폴짝거리며 시우를 향해 손을 흔들었다. 시우가 나무 의자로 다가왔다.

"노래 말이야."

시우가 자리에 앉기도 전에 디는 용건을 꺼냈다. 디에게는 시간이 많지 않았다.

"그걸 너희 아빠가 만들었다고? 왜?"

디가 알기로 시우의 아빠는 사운드 엔지니어였다. 사람들의 주요 생활 공간에서 발생하는 사운드를 채집하여 듣기에 가장 편안한 소리로 조율해서 다시 제공하는 직업으로 꽤나 전문 직종이어서 중산 A급에서도 최고 대우를 받았다.

"좋아하니까."

"너희 아빠가 노래 만드는 걸 좋아한다고?"

믿기 어려웠다. 디의 목소리에 뻐죽 가시가 돋았다.

"아빠도 몰랐대. 그러다가 몇 년 전부터 노래를 좋아한다는 걸 알게 됐대."

시우는 차분하게 답했다. 학교에서 불만을 툭툭 터뜨릴 때와는 사뭇 달랐다.

시우의 아빠는 사운드 엔지니어로 일하면서 짬짬이 노래를 접했다. 그리고 이런저런 소리를 조합해서 노래라는 걸 직접 만들어 보았다. 한 곡, 두 곡…… 본인이 만든 노래가 쌓이면서 직접 부르고 싶은 마음도 생겼다.

"어느 날, 아빠가 흥얼흥얼 노래하는 소리를 들었는데 웃기더라고. 크크큭!"

그날이 떠올랐는지 시우는 한 손으로 입을 가리고 킥킥거렸다. 디는 마음이 급했다.

"그래서 네가 부르기로 한 거야?"

디의 물음에 시우는 고개를 끄덕였다.

"의외로 나한테 소질이 있더라고. 아빠가 엄청 기뻐했어!"

때마침 호수에서 부드러운 바람이 불었다. 시우의 목소리가 바람 위로 사뿐 올랐다. 하지만 디는 혼란스러웠다.

"가수는 직업 선택지에 없는데……."

"하위급으로 내려가면 가능해."

"그래도 좋단 말이야?"

디는 얼굴을 구기며 시우를 바라다보았다. 디는 메타버스가 아닌 실제 공원 어딘가에서 진짜 시우를 만나고 싶었다. 시우의 숨소리를 들으며 시우의 진짜 눈빛을 보고 싶었다.

"너희 엄마랑 아빠가 뭐라 안 해? 아니다, 가수가 되겠다고 엄마랑 아빠에게 이야기했을 리가…….”

"엄마는 없어.”

시우가 단호하게 말했다. 처음 듣는 말이었다. 디는 놀란 눈으로 시우를 보았다.

"노래를 만들기 시작하면서, 아빠는 사운드 엔지니어로 일하는 게 싫어졌나 봐. 아무래도 일에 집중하기가 어려웠겠지.”

"그래서?”

어느새 디의 목소리가 달달 떨렸다. 단짝이라고 믿었는데 허깨비였다. 디는 시우에 대해 제대로 아는 게 하나도 없었다.

"등급이 떨어지기 시작했어. 그나마 아빠가 사이버 가수들의 노래를 믹싱하는 일은 할 수 있어서 겨우겨우 중산 D급에 매달려 있지!”

말끝에 시우는 히죽 웃었다. 중산 D급이어도 아무런 문제가 없다는 듯이.

"중산 D급으로 내려오니까 엄마는 가족 계약을 파기해 버렸어. 그래서 우리 가족은 나랑 아빠 둘!”

"야, 너는 그런 얘기를…….”

왜 한 번도 하지 않았을까 묻고 싶었다. 하지만 굳이 물을 필요가 없었다.

"아마 학교에서도 알고 있을 거야. 그래서 나를 더 집중적으로 관찰하고 있을 테고.”

그래서 시우가 손을 번쩍 들어 올리기만 해도, 가드 안드로이드가 쪼르르 쫓아왔던 모양이다. 디는 그것도 모르고 있었다.

"물론 하위급으로 내려가면 불편한 게 많겠지. 그래도 내가 하고 싶은 걸 할 수 있다면!"

"진짜 그러고 싶다고?"

디의 목소리가 덜덜 떨렸다. 그때 메타버스에서 예고음이 울었다. 이제 디는 힐링피스를 나가야 했다. 하지만 디는 시우와 이야기를 더 나누고 싶었다.

"아빠랑 사는 동안은 중산 D급이 유지될 거야. 그러니까 학교에서 보자."

시우가 어른스럽게 디의 어깨를 두드렸다.

삐삐삐! 예고음이 경고음으로 바뀌었다. 디는 곧장 힐링피스에서 쫓겨났다.

방 안에 혼자 남은 디는 멍해졌다. 상류급을 눈앞에 둔 상태에서 D급으로 주저앉고서도 마냥 웃을 수 있다니. 하위급으로 내려가는 게 두렵지 않다니. 시우의 속내가 디는 진심으로 궁금했다.

그날 아카데미 하우스에서 무얼 했는지 디는 도무지 알 수 없었다. 아카데미 하우스에서 집중을 하지 못하고 엉망진창으로 시간을 때운 게 처음인 것 같았다.

감마가 눈살을 찌푸렸다. 무엇인가 마음에 들지 않는 눈치였다. 안드로이드 주제에 감정을 표현하다니. 디의 속내도 편치는 않았다. 어쨌든 디는 감마의 공감을 얻어야 했다. 그래야 가족 계약을 진행할 수 있었다.

"디의 친구가 하위급으로 내려가기를 희망한다는 것과 디의 가족은 무슨 연관이 있을까요? 디도 하위급으로 내려가기를 원한다는 건가요?"

"단순하게 하위급으로 내려가고 싶다는 얘기가 아니에요!"

디는 버럭 소리를 질렀다. 이렇게 답답한 안드로이드와 이야기를 나누어야 하다니! 눈치를 살펴야 하다니! 기분이 나빴다. 감마는 도무지 모르겠다는 얼굴로 디를 쳐다보았다.

'바보 멍청이!'

만약 감마가 디의 속내를 읽었다면 디는 당장 쫓겨났을지도 몰랐다. 디는 얼른 차를 마셨다. 마음을 차분하게 가라앉힐 필요가 있었다.

"내 친구 시우와 시우의 아빠는 스스로 좋아하는 것을 선택했어요."

디는 또박또박 분명한 목소리로 말했다. 감마는 가만히 디에게 집중했다. 디의 다음 말을 기다리는 눈치였다.

"나도 내가 좋아하는 걸 하고 싶어요."

"디는 학교를 무사히 마치고 식품 관련 직종을 선택해서 상류급으로 올라가고 싶다 하지 않았나요?"

앞서 디가 했던 말을 감마는 차근차근 정리했다.

디는 절레절레 고개를 저었다. 앞서 했던 말은 디가 바라는 게 아니었다. 디는 디가 좋아하는 것을 선택하고 싶었다.

"디는 무엇을 좋아하나요?"

감마가 물었다. 드디어 디의 마음을 함께 느껴 주는 듯했다.

"노래요."

"그건 친구가 좋아하는 거라고 하지 않았나요?"

감마가 말꼬리에 의문을 달았다. 디는 고개를 주억거리며 말을 이었다.

"시우의 노래를 듣는데 달랐어요. 사이버 가수의 노래를 들을 때는 느껴지지 않았던 감정이 한 번에 살아났어요. 부드럽고 편안하기도 했고요. 때로는 비수처럼 날카롭기도 했지요. 저는 감정이 풍부하게 담겨 있는 사람의 노래를 직접 만들고 부르고 싶어요."

"디의 부모는 허락하지 않겠군요."

감마가 사뭇 진지한 얼굴로 말했다.

디는 곧장 고개를 끄덕였다.

*

 그날 이후로 디는 매일같이 힐링피스에서 시우를 만났다. 학교에서는 시우와 이야기를 제대로 나눌 수 없었다. 특히나 노래와 관련된 이야기를 나눌라치면 득달같이 가드 안드로이드가 나타났다. 아무것도 아니라고 해도 가드 안드로이드는 위험 신호가 감지된다며 디와 시우를 떼어 놓기 바빴다.
 "네가 왜 그렇게 빨리 학교를 벗어나고 싶어 하는지 알 것 같아."
 힐링피스에서 디는 시우에게 마음껏 속마음을 드러냈다. 시우도 마찬가지였다. 둘은 힐링피스에서 생각나는 대로 노래를 불렀다. 그리고 듣기에 더 좋은 노래를 골라 가며 노래를 완성했다. 가끔은 시우의 아빠도 힐링피스에 들어왔다. 아바타여도 시우는 아빠와 매우 친근했다. 서로 어깨동무도 하고, 눈을 맞추며 웃기도 했다. 디는 시우의 가족이 부러웠다.
 "너 지금 뭐 하고 있는 거야?"
 벼락같은 소리가 터졌다. 순식간에 메타버스가 사라지고, 텅 빈 책상이 눈앞에 드러났다. 디가 쥐고 있는 패드에는 몇 개의 코드명이 정신없이 펼쳐져 있었다. 노래를 만드는 데 쓰이는 악기 코드였다.
 "이게 다 뭐야?"

엄마가 사납게 소리를 지르며 디의 패드를 빼앗았다. 엄마 옆에는 아빠도 있었다.

"언제 들어오셨어요?"

디가 물었다. 엄마는 "허!" 탄식을 뱉으며 천장을 올려다보았다. 악기 코드를 만드느라 엄마와 아빠가 들어오는 것도 모르고 있었다.

"지금 아카데미 하우스 시간인데 뭘 하고 있었던 거야?"

아빠가 엄마의 눈치를 살피며 조심스레 물었다.

맞다! 디는 지금 메타버스의 아카데미 하우스에 있었다. 그런데 노래를 만들고 있었다. 내가 뭘 하고 있었던 거지? 스스로 생각해도 알 수 없었다.

디는 벙한 얼굴로 아빠를 보았다. 순간 엄마가 디의 눈앞으로 메신저를 드밀었다.

☑ 집중력 -89%

☑ 진도율 25%

☑ 최근 5일간 성취율 -78%

디의 집중력은 89% 감소했고, 진도율은 25%에 불과합니다.

최근 5일 동안 성취율은 78% 감소했습니다.

디의 학업 상태를 체크하세요!

"도대체 이게 무슨 일이야? 이 알 수 없는 문자는 다 뭐고?"

엄마가 디의 패드를 흔들며 고래고래 소리를 질렀다. 얼굴도 사납게 일그러뜨렸다. 태어나 처음 보는 얼굴에, 날 선 목소리였다. 디의 몸이 스르르 옴츠러들었다. 무슨 말을 어떻게 꺼내야 할지 알 수 없었다. 머릿속이 복잡하게 꼬여 버렸다.

"일단 나가서 이야기합시다. 디야, 너도 이리 좀 나와 봐."

아빠가 엄마의 어깨를 다독이며 디의 방을 빠져나갔다. 그러는 동안 디는 머릿속을 정돈했다. 언제가 되었든 이야기는 해야 할 터였다.

"노래하고 싶어요!"

엄마와 아빠 앞에서 디는 당당하게 말했다.

디는 정말로 노래하는 사람이 되고 싶었다. 시우와 함께 노래 이야기를 할 때면 머릿속이 깨어나는 것 같았다. 온몸의 세포도 몽땅 살아서 움직이는 것 같았다.

노래를 부르고 노래를 만들면 며칠씩 밤을 새워도 멀쩡할 것 같았다. 노래는 디의 마음을 온전히 사로잡아 버렸다. 하지만 엄마와 아빠는 디의 말에 헛웃음을 지었다. 무슨 말도 안 되는 소리를 지껄이는 거냐고 타박을 했다.

"넌 학교를 졸업하고 식품 관련 전문 직종을 갖기로 했어. 잊은 거야?"

엄마가 매섭게 따졌다. 디는 기억하고 있었다. 하지만 그건 엄마의 꿈이었다. 디가 소망한 적은 한 번도 없었던 것 같았다. 소망을 했더라도 디의 진짜 소망은 아니었을 것이다.

"노래를 부르면 행복해요. 저는 행복하게 살고 싶어요."

디는 엄마 앞에 무릎을 꿇고 사정했다. 하지만 엄마의 코웃음은 점점 커졌다.

"노래를 부르면 중산급에서도 살 수가 없어. 하위급에서 네가 과연 행복할 수 있을 거라고 생각하니?"

그건 디도 알 수 없었다. 그래서 궁금한 게 있었다.

"상류급에 올라가면 무조건 행복한가요?"

"당연하지!"

엄마가 외쳤다.

"그걸 어떻게 알아요? 엄마도 상류급에 올라가 본 적 없잖아요!"

디도 엄마 못지않게 큰 소리를 냈다. 그러자 아빠 얼굴도 험악해졌다.

"우리가 너를 상류급으로 올려놓으려고 얼마나 기를 쓰고 있는지 알기나 해?"

순간 디의 마음에 철갑이 생겼다. 엄마도 아빠도 디의 마음을 헤아리려는 노력은 일절 없었다. 엄마와 아빠의 머릿속에는 학교를 졸업한 디와 함께 사업체를 꾸려 상류급에 진입하는 것, 그것만이 존재하는 것 같았다. 디의 머릿속에 시우와 시우 아빠의 아바타가 둥둥 떠다녔다. 가볍게 어깨를 맞대고 눈을 맞추며 함께 행복을 지어 가는 그들과 가족이 되고 싶었다. 더는 상류급에 목메는 부모와 살고 싶지 않았다.

*

"오케이!"

감마의 목소리에 디는 쏟아 내던 말을 멈추고 오른손을 가슴에 얹었다. 하마터면 심장이 터질 뻔했다. 심박수가 요동을 쳤고 디의 몸이 덜덜 떨렸다. 감마는 비어 버린 디의 찻잔에 차를 따랐다. 디는 떨리는 손으로 잔을 들어 따끈한 차를 마셨다.

"가족 계약 해지를 승인합니다."

드디어 승인이 떨어졌다. 지난 석 달 동안 디는 엄마와 아빠의 더 집요해진 감시를 견디며 오늘을 기다렸다. 디의 부모 또한 예감하고 있었을 것이다.

디는 가뿐해진 마음으로 감마의 다음 말을 기다렸다.

"원하는 가족이 있습니까?"

감마가 물었고 디는 곧장 시우네 가족을 떠올렸다. 가능하다면 시우네와 가족이 되고 싶었다. 그래서 함께 노래를 만들고 부르고 싶었다.

"시우네는 새로운 가족 요청이 없습니다."

감마가 자료 검토를 마치고 답을 했다. 디는 곧장 고개를 끄덕였다. 이 또한 예상했던 바였다. 시우와 시우의 아빠는 그 두 사람으로 완벽해 보였다. 새로운 가족을 요청했을 리 없었다.

"가족 계약은 새로운 가족의 영입을 요청한 가족하고만 진행할 수 있습니다."

감마가 다소 사무적인 어투로 말했다. 디도 알고 있었다. 혹시나 했을 뿐이었다.

"어떤 가족을 원하는지 상세하게 이야기해 주세요. 딱 맞는 가족을 찾아서 매칭해 드리겠습니다."

감마가 미소를 지으며 디를 보았다. 디는 마른침을 꿀꺽 삼키고 입술에 힘을 넣었다. 오래 기다린 만큼 실수가 없어야 했다.

"아이가 무얼 하든 지원해 주는 부모였으면 좋겠어요."

"지원이라 함은 경제적인 것을 말하는 건가요?"

디는 천천히 도리질을 했다. 경제적인 지원은 지금의 부모도 훌륭했다.

"적극적으로 지지하고 응원해 주는 마음이면 충분해요."

"그 밖에 또 어떤 조건이 맞으면 좋을까요?"

감마가 눈을 빛냈다. 디의 머릿속에 또 시우가 떠올랐다. 시우와는 멀리 떨어질 수 없었다.

"지금 다니고 있는 학교에 다닐 수 있을 정도의 거리여야 해요. 나이는 상관없고 다른 형제는 없었으면 좋겠어요. 당연히 제가 혼자 쓸 방이 있어야 하고요."

"그렇다면 디의 거주지 인근에서 중산급 가정으로 찾아보겠습니다."

감마가 눈을 감았다. 디가 말한 조건에 맞는 가족을 찾고 있는 것이다.

띠릭-

효과음과 함께 감마가 눈을 떴다. 그러고는 탁자를 손가락 끝으로 톡톡톡 두드렸다.

디의 눈앞에 홀로그램이 뜨고 낯선 어른들의 얼굴이 드러났다. 디의 부모보다는 나이가 조금 있는 듯 보였는데 생글생글 웃는 모습이 왠지 정이 가는 분위기였다.

"저희는 바라는 건 크게 없습니다. 건강하게 본인이 하고자 하는 걸 즐길 수 있는 아이면 좋겠어요."

남자 어른이 말했고, 옆에서 여자 어른은 두 손을 모아 꾸벅 인사를 했다. 얼굴에는 친절한 미소가 가득했다. 한눈에 보기에도 선한 분들 같았다.

디는 두 분의 얼굴을 지그시 바라다보았다.

"원격 산림 관리원으로 일하고 있는 부부입니다. 2년 전에 딸을 잃었고요."

"왜죠? 가족 계약을 해지했나요?"

감마는 가볍게 고개를 끄덕였다. 하지만 계약 해지의 이유는 말해 줄 수 없다고 했다. 규율이라고 했다. 디의 머릿속은 다시 엉겼다. 2년 전의 누군가가 가족 계약을 해지한 이유를 알고 싶었다.

"지금과 같은 거주 지역에 머물기를 원한다면 현재로서는 이 가정 외에는 없습니다. 거주 지역의 범위를 조금 넓혀 본다면……."

"할게요!"

디가 외쳤다. 거주 지역을 넓히면 전학을 가야 했다. 물론 디를 위해 이곳으로 이사를 와 주는 부모를 만날 수도 있지만 당장은 어려울 것이다. 디는 지금의 학교 아니, 시우의 곁을 떠나기 싫었다.

"디가 지금 선택을 한다고 해서 곧장 가족 계약이 성립되는 건 아닙니다. 새로운 가족과 일주일 동안 생활을 한 다음, 디와 새로운 부모 양쪽의 상담을 각각 진행하고, 그때 양쪽 모두가 원한다면 향후 3년 동안은 파기할 수 없는 가족으로 지내야 합니다."

감마가 가족 계약과 관련된 세부 정보를 줄줄 읊었다. 이미 알고 있는 내용이었다. 스물한 살까지는 무조건 3년씩 가족의 구성원으로 살아야 한다는 것. 그 이후에는 1년 단위로 가족 계약의 주기는 짧아졌다. 아예 다른 가족 없이 혼자 살아갈 수도 있었다.

"지금 바로 이동하겠습니다."

새로운 부모에게 연락을 취한 감마는 곧장 자리에서 일어났다. 디도 감마의 뒤를 따라 국립가족조직연구원 전용 드론에 올랐다.

감마와 디를 태운 드론은 순식간에 디가 사는 동네에 이르렀다. 발 아래로 눈에 익은 풍경이 드러났다. 디와 시우가 다니는 학교를 지나자 소유와 모화가 일하고 있을 깔끔한 아파트가 나왔다. 디는 살짝 고개를 돌렸다. 드론은 방향을 오른쪽으로 틀더니 높지 않은 산자락 아래 넓은 마당이 있는 주택 앞에 멈췄다.

"오, 드디어 왔구나!"

"정말 귀엽게 생겼네!"

디의 새로운 부모가 디를 덥석 안았다. 순간 디의 몸이 전기 충격을 맞은 듯 움찔 굳었다. 어색했다. 소유와 모화는 디를 힘 있게 안아 준 적이 없었다. 기껏해야 등을 토닥이거나 살짝 안아 주는 정도였을까.

디의 새로운 부모와 가계약을 맺은 감마는 홀가분한 표정으로 드론에 올랐다. 드론은 디를 새로운 부모에게 놓아둔 채 사라져 버렸다.

"자, 얼른 들어가자."

"네가 뭘 좋아할지 몰라서 일단 되는 대로 준비했는데!"

새로운 부모는 조금 어수선한 사람들인 듯했다. 정제되지 않은 말을 쉴 새 없이 쏟아 냈다. 디는 정신이 하나도 없었다.

"브이알 게임은 다들 좋아하는 것 같아서 준비해 놨고, 메타버스에는 헬스파워 플랫폼만 깔려 있는데 다른 게 더 필요하다면 무얼 깔든 상관없단다."

"헬스파워 플랫폼은 잊지 않고 이용해 줬음 좋겠어. 너의 건강을 위해서 말이야."

새로운 부모는 새로운 아이가 들어오기를 꽤나 오랫동안 기다려온 듯했다. 요즘 아이들이 좋아하는 아이템이 방 안에 가득했다.

"혹시 악기와 노래를 배우는 플랫폼을 깔아도 되나요?"

"물론이지!"

"우린 네가 원하는 건 무엇이든 다 좋아!"

새로운 부모는 얼굴 한 번 찡그리지 않았다. 디의 마음이 한없이 가벼워졌다. 디가 바라던 것이었다. 디는 새로운 부모와의 만남이 진짜 계약으로 이어지기를 바랐다.

*

"새로운 부모님은 어때?"

교실에서 만난 시우가 물었다. 이제 디는 시우와 같은 트램을 타고 등하교할 수는 없었다. 시우네와는 반대 방향으로 거주지가 바뀐 탓이었다.

"잘 모르겠어."

디의 목소리에 기운이 하나도 없었다. 디가 새로운 부모와 함께 살기 시작한 지 오늘로 나흘째였다.

지난 사흘 동안 디의 마음은 수시로 들썩거렸다. 힐링피스에 두 시간씩 머물며 시우와 노래를 부르고 들어와도, 심지어 노래를 만든다고 뮤직 팩토리 플랫폼을 들락거려도 새로운 부모는 디를 나무라지 않았다. 소유와 모화가 하루에 여섯 시간씩 머물게 했던 아카데미 하우스는 디의 메타버스에 설정해 두지도 않았다. 편안하기가 이루 말할 수 없었다.

하지만 문제는 다른 데 있었다.

"이거 뿌리채소로 만든 건데 한번 먹어 봐."

"요건 버섯이라고 하는데, 너의 아버지가 직접 채취해서 말린 거야. 일반 사람들은 먹어 보지도 못한 식품이지. 몸에 좋은 거니까 꼭 먹도록 해."

새로운 부모는 디에게 태어나 처음 보는 음식을 자꾸 권했다. 디는 소유가 만들어 낸 간편 식품이 그리웠다. 각종 영양소가 골고루 갖춰진 간편 식품은, 입에 하나씩 쏙쏙 들어가는 사이즈에 쫄깃하게 씹히면서 달콤하고 고소한 맛이 있었다. 하지만 새로운 부모가 권해 주는 음식은 달랐다. 내미는 음식마다 먹는 방식은 제각각이었고, 시큼하고 텁텁하거나 밍밍한 맛에 질기거나 딱딱하게 씹히는 것도 많았다.

"간편 식품으로 바꾸자고 해 봐."

시우가 제안했다.

"소용없어. 먹는 데에는 엄청나게 고집을 부리셔."

디는 2년 전 계약을 파기하고 떠났다는 아이를 생각했다. 그 아이도 부모가 권하는 음식이 싫어서 떠난 것이었을까 싶었다.

"하기는 완벽하게 마음에 쏙 드는 가족이 어디 있겠어. 우리 아빠는 잘 때 꼭 내 방에 와. 혼자 자는 거 싫다고. 진짜 그러지 않았으면 좋겠는데!"

시우가 입을 불뚝 내밀었다.

디는 깜짝 놀라 시우를 보았다. 시우는 지금의 아빠와 가족 계약을 유지했다. 그래서 지금의 아빠가 시우의 마음에 쏙 드는 줄 알았다. 그런데 아빠에게 불만이 있었다니.

"그런데 왜 가족 계약을 유지한 거야?"

"그것만 빼면 다른 건 다 좋으니까!"

대꾸를 하며 시우는 싱겁게 웃었다.

디는 고개를 갸웃거리며 머리를 굴렸다. 소유와 모화 그리고 지금 함께 살고 있는 새로운 부모, 어느 편이 디에게 더 좋을까? 시우의 말처럼 마음에 쏙 드는 완벽한 가족을 만날 수는 있을까? 아니, 완벽한 가족이라는 게 존재하기는 할까?

사흘 뒤 디는 다시 국립가족조직연구원을 방문할 것이다. 그때 감마 앞에 내어놓을 말을 디는 정리해야 했다.

※

은빛 건물 앞에서 소유와 모화는 걸음을 멈췄다. 건물 외벽에는 '국립가족조직연구원'이라는 글자가 찬란하게 빛났다.

"공부하는 걸 즐기는 정말 똑똑한 아이를 찾아봅시다."

모화가 소유를 바라보며 목소리에 힘을 넣었다.

"당연하지요. 우리의 난자와 정자로 만들어진 아이. 그런 게 다 무슨 소용이에요."

소유가 야무지게 말을 뱉으며 걸음을 떼었다.

디를 잃은 소유와 모화는 새로운 가족을 요청할 참이었다. 소유와 모화가 요구할 조건은 딱 하나였다. 상류급으로 올라가기를 희망하는 영리한 아이. 세상에 그런 조건을 마다할 멍청이는 많지 않을 것이다. 소유와 모화는 걱정 하나 없는 얼굴로 국립가족조직연구원 문을 열었다.

새로운 가족

정명섭

작가의 말

가족은 사람이 가질 수 있는 가장 강력한 방어 도구입니다. 아마 캡틴 아메리카가 들고 다니는 비브라늄 방패보다 더 단단할 겁니다. 세상이 모두 나를 비난하고 손가락질을 할 때 유일하게 내 편을 들어주는 것은 가족이고, 세상 그 누구에게도 털어놓을 수 없는 고민과 비밀을 얘기할 수 있는 것도 가족뿐이니까요.

지금까지 전통적으로 가족은 결혼과 탄생으로 이어져 왔습니다. 서로 좋아하는 사람들이 만나서 결혼을 하고 아이를 낳고, 그 아이가 성장해서 다른 누군가와 만나는 식으로 말이죠. 하지만 어떤 이유로 인해 그런 가족들이 해체되거나 만들어지지 못하고, 다른 형태의 가족들이 만들어진다면 어떨까라는 생각이 이번 이야기의 시작이었습니다.

우리들의 삶에 정답은 없지만 정답으로 가는 방향은 존재합니다. 어떤 형태로든 나를 지켜 주고 의지할 수 있다면, 그것은 또 하나의 가족이 될 수 있으리라 믿는 마음을 담아 이 글을 썼습니다.

- 정명섭 -

별이 총총하게 빛나는 밤이었다. 해가 떨어지자 숨어 있던 가족들은 한 명씩 밖으로 나왔다. 리더가 주변 하늘을 돌아보면서 소리를 듣기 위해 조용히 귀에 손을 댔다. 그리고 아무 소리도 들리지 않자 나와도 된다는 손짓을 했다. 조이도 엄마 손을 잡고 밖으로 나왔다. 사실 하루 종일 제대로 먹거나 마시지 못하고 걷기만 해서 지쳤다. 하지만 아직 그냥 쉴 수는 없었다. 파괴되고 부서진 잔해들로 은신처를 만들라는 리더의 지시가 이어졌다. 조이는 힘들고 지쳐서 짜증을 내고 싶었지만 엄마가 다정하게 머리를 쓰다듬어 주면서 달랬다.

"가족은 리더의 말을 들어야 해. 힘들어도 좀만 참자."

조이는 엄마의 말을 듣고 꾹 참고 주변을 살피다가 부서진 미니버스를 찾아냈다. 그리고 옆에 떨어진 녹슨 문짝을 찾아서 구멍이 난 천장을 가렸다. 그사이에 다른 가족들이 미니버스를 가릴 만한 잔해들을 가지고 왔다. 마지막으로 리더가 낡은 비닐을 위에 덮어서 혹시나 내릴지 모르는 비를 막을 준비까지 끝냈다. 부서진 미니버스 안 여기저기에 흩어진 사람들이 한숨을 쉬면서 다리를 주물렀다.

몇십 년 전 조이가 태어나기 전에, 반란을 일으킨 로봇들과의 전쟁으로 인해 엄청나게 많은 사람들이 죽고 지구는 완전히 파괴되었다고 엄마가 말해 주었다. 그리고 살아남은 소수의 사람들은 로봇들에게 쫓겨 다녔다. 그래서 항상 이동해야만 했고, 숨어 지내야만 했다. 로봇들이 언제 어디서 나타날지 몰랐기 때문이다.

조이는 왜 인간들이 로봇에게 패배해서 도망쳐 다녀야 하는지 이해하지 못했다. 하지만 리더와 엄마는 항상, 로봇들에게 잡혀가면 큰일 난다고 말했다.

로봇이 언제 공격할지 몰라서 항상 떠돌아다녀야만 했고, 조이의 삶은 가족으로 인해 지탱되었다. 엄마를 비롯해서 리더라고 불리는 가장, 그리고 몇 명의 어른들은 항상 조이를 아껴 주고 챙겨 주었다. 항상 움직이고 도망 다녀야 했기 때문에 가족들은 많아야 열 명을 넘지 않았다. 혈연으로 이어지지는 않더라도 함께 다니면 가족이라는 표현을 사용했다.

주변이 어두워지면서 안전해지긴 했지만 별을 보지 못한 조이는 안타까웠다. 리더가 가지고 있던 식량과 물을 나눠 주었다. 물을 한 모금 마신 조이에게 엄마가 말린 생선 조각을 건넸다.

"천천히 꼭꼭 씹어 먹어."

고개를 끄덕거린 조이는 긴장이 풀리자 스르륵 엄마 품에 기댔다. 엄마는 그런 조이의 머리를 쓰다듬어 주었다.

"오늘 고생 많았어, 조이야. 그래도 근처에 네오 시티가 있어서 빨리 벗어나야 해."

"로봇들에게 잡혀가면 진짜 죽는 거예요?"

조이의 물음에 엄마가 고개를 끄덕거렸다.

"끌려가서 돌아온 사람은 아무도 없어. 아마 데려가서 이런저런 실험을 하다가 죽이거나, 죽을 때까지 혹독하게 일을 시킬 거야. 절대로 잡혀가면 안 돼."

조이는 아무도 돌아오지 못했다면서 어떻게 그런 사정을 아는지 궁금했다. 하지만 어색해질까 봐 차마 묻지 못했다.

그런 조이에게 엄마가 크게 눈을 깜빡거렸다.

"거짓말을 하고 싶거나 나한테만 하고 싶은 얘기가 있으면 이렇게 하고 해. 그럼 엄마가 알아들을게."

"알았어요."

짧게 대답하는 조이의 머리를 계속 쓰다듬어 주던 엄마가 말했다.

"올해 열세 살이지?"

손가락을 꼽아 보면서 가만히 생각에 잠겨 있던 조이가 고개를 끄덕거렸다. 그런 조이를 끌어안은 엄마가 말했다.

"조이가 다 클 때쯤에는 로봇들이 없어지고 인간들이 자유롭게 살 수 있는 세상이 오겠지?"

희망 섞인 엄마의 물음에 조이는 웃으며 고개를 끄덕거렸다. 버스 안 여기저기에 흩어진 사람들이 잠이 들면서 코를 고는 소리가 들렸다. 엄마가 조이의 귀를 막아 주자 조이도 손으로 엄마의 귀를 막아 주었다. 서로의 얼굴을 바라보면서 낄낄거리고 웃는데 갑자기 밖에서 이상한 소리가 들렸다. 놀란 조이가 엄마를 바라봤다.

"엄마!"

벌떡 일어난 엄마가 미니버스의 문짝을 발로 세차게 걷어찼다. 엄마 손을 잡고 나온 조이는 하늘을 바라봤다. 별이 총총하게 빛나던 하늘에서 하얀 빛줄기를 내뿜는 조명이 쏟아지는 중이었다. 네오 시티에서 보낸 드론이 조명을 뿌리면서 천천히 상공을 비행하고 있었다.

"어서 도망쳐! 잡히지 않으면 약속한 장소에서 다시 만나자."

리더의 외침에 가족들은 사방으로 흩어졌다. 빨리 도망치지 않으면 붙잡히거나 죽을 수 있기 때문에 무조건 도망쳐야만 했다. 조이도 엄마의 손을 잡고 뛰기 시작했다.

가족들이 숨어 있다가 뛰쳐나온 미니버스는 공중에서 발사된 레일 건에 맞고 산산조각이 났다.

"엄마!"

"도망쳐! 잡히면 끝장이야!"

엄마의 외침에 조이는 정신없이 달렸다. 그러다가 그만 엄마의 손을 놓치고 말았다. 놀란 조이가 외쳤다.

"엄마!"

하지만 사방에서 레일 건이 터지고, 조명이 내리쬐는 중이라 엄마는 찾을 수 없었다. 조이는 엄마를 부르짖으며 계속 달렸다. 네오 시티에서 보낸 로봇들은 인간이 무슨 수를 써도 이길 수 없었다. 인간들이 가진 총이나 폭탄으로는 흠집조차 내지 못했다. 그나마 지상에서 움직이는 로봇들은 가까이 가서 급소를 노려 공격을 시도할 수는 있었지만, 하늘에 떠 있는 드론은 손을 쓸 방법이 없었다.

조이는 손으로 머리를 가린 채 쉴 새 없이 달렸다. 드론의 탐지기는 멀리 있는 인간들까지 잡아낼 수 있어서, 엄마는 늘 최대한 멀리 도망치라고 말했다. 뛰다가 한쪽 신발이 벗겨졌다. 하지만 신발을 집을 틈도 없이 달려야만 했다. 드론에서 발사한 레일 건이 주위에 빗발치듯 떨어졌고, 지상에서는 로봇들이 다가오는 게 보였기 때문이다.

뒤집힌 자동차의 잔해 안에 잠깐 숨은 조이는 숨을 고르며 주

새로운 가족

변을 살폈다. 사방에서 로봇들이 쏘는 레일 건 소리와 저항하지 말고 순순히 항복하라는 음성이 뒤범벅이 된 채 들려왔다.

"인간들은 저항하거나 도망치지 말고 항복하라. 안전을 보장해 주겠다."

하지만 조이는 고개를 저었다. 어른들은 반복적으로 로봇이 인간들을 네오 시티로 끌고 가서 생체 실험을 한다고 말했다. 그게 아니면 죽을 때까지 가혹하게 일을 시킨다고 얘기하곤 했다. 네오 시티에 갔다가 살아서 나온 사람은 없다고 했지만, 그런 소문들은 엄청나게 많이 퍼져 있었고, 다들 사실이라고 믿었다.

"엄마!"

어릴 때 로봇과 싸우다 죽은 아빠는 얼굴도 기억이 나지 않았다. 그래서 엄마에게 항상 의지하곤 했다. 엄마 역시 하나밖에 없는 딸인 조이를 아꼈다.

폐허는 인간들이 살기에 적당하지 않았다. 먹을 것도 부족했고, 언제 로봇들이 들이닥칠지 모르기 때문이다. 그래서 항상 떠돌아다녀야 했고, 최대한 적은 인원을 유지해야 했다. 거둬 줄 어른이 없는 어린아이나 반대로 돌봐 줄 자식이 없는 노인들은 무언의 압박을 받고 무리에서 떠나거나 혹은 버려졌다.

그래서 조이에게 가장 중요한 것은 가족, 그것도 엄마였다. 그런 엄마가 지금은 어디로 갔는지 보이지 않았다.

잠깐 고민하던 조이는 다시 자동차 밖으로 엉금엉금 기어 나왔다. 바로 옆에서 레일 건이 스쳐 지나가자 조이는 저도 모르게 어깨를 움츠렸다. 하지만 로봇들이 공격하면 멈추지 말고 뛰어야 한다는 어른들의 말을 기억한 조이는 다시 뛰기 시작했다.

조이가 숨어 있다 기어 나온 자동차의 잔해에 레일 건이 명중하면서 하늘 높이 튕겨 올랐다. 멀리서 레일 건에 맞은 인간의 처절한 비명 소리가 들려왔다. 엄마가 아닐까 걱정했지만 끝까지 살아남을 것이라는 엄마의 말을 기억해 낸 조이는 다시 달리기 시작했다. 신발이 벗겨진 발이 여기저기 닿을 때마다 아팠지만 비명을 지를 틈도 없었다. 한참을 달리던 조이는 옆으로 넘어진 아파트와 마주쳤다.

"저기로 가자."

로봇들이 들어올 수 없는 아파트나 큰 건물의 잔해는 인간들의 좋은 은신처였다.

조이는 커다란 잔해를 훌쩍 뛰어넘어서 아파트의 잔해 안으로 기어 들어갔다. 금이 쩍쩍 간 벽을 밟고 부서진 엘리베이터를 지나자 아파트 내부가 나왔다. 로봇들과의 전쟁에서 패배하기 전에 인간들이 살았던 곳이라고 엄마에게 들은 기억을 떠올린 조이는 주변을 살펴봤다.

"여기는 가족들이 모여서 얘기를 나누는 거실일 거고, 저기는 음식을 만드는 부엌이겠네. 나머지는 가족들이 각자 잠을 자는 방일 테고."

도망칠 때는 항상 나갈 곳을 확인해야 한다는 엄마의 얘기를 떠올린 조이는 거실 한쪽에 베란다라는 공간이 있다는 것을 기억해 냈다. 그 얘기대로 거실 한쪽에 뻥 뚫린 공간이 보였다. 유리 조각들이 보였지만 얼른 움직이는 게 좋을 것 같아서 최대한 조심스럽게 넘어갔다.

"앗! 따가워!"

잔해 틈에 유리 조각이 숨어 있었는지 발바닥이 화끈거렸다. 아픔을 억지로 참고 베란다로 나온 조이의 눈에 부서진 놀이터가 보였다. 정확하게는 화염에 녹아 버린 놀이터였다.

'넓은 공간은 위험해.'

조이는 엄마에게 들은 얘기를 떠올리며 주변을 두리번거렸다. 로봇들이 가지고 있는 센서의 탐지 거리는 엄청나게 넓었기 때문에, 쫓길 때 숨을 곳이 없는 넓은 평지는 지극히 위험했다.

조이가 숨을 곳을 찾으며 두리번거리는데 갑자기 주변에서 으르렁거리는 소리가 들렸다. 그게 무엇을 뜻하는지 들은 적이 있는 조이는 황급히 숨을 곳을 찾아 뛰기 시작했다. 하지만 몇 발짝 뛰기도 전에 멈추고 말았다. 숨으려고 했던 곳에서 검은색 개가 어슬렁거리며 나온 것이다.

"어, 어떡하지?"

그건 네오 시티의 로봇들이 인간들을 사로잡을 때 쓰는 개 모양의 로봇이었다. 네 발로 다니는 로봇이라 사람이 숨을 만한 좁은 곳도 들어갈 수 있어서 로봇 개를 만나면 정말 피할 수 없는 상황에 처했다는 뜻이었다. 붉은 눈빛을 번쩍거리며 다가오는 로봇 개를 보면서 뒷걸음질을 쳤지만, 다른 곳에서 나온 로봇 개들이 조이를 둘러쌌다. 빠져나갈 틈 없이 포위된 조이가 엄마라고 외치는 순간 로봇 개들이 일제히 입을 벌렸다.

조이의 악몽은 여기까지였다. 눈을 뜬 조이는 주변을 두리번거렸다.

"엄마."

하지만 케이지에 갇힌 인간들 중에 엄마는 보이지 않았다. 대신 엄마 또래의 여성이, 누워 있는 조이의 머리를 쓰다듬어 주고 있었다. 그리고 울어서 퉁퉁 부은 눈으로 물었다.

"혹시 우리 딸 못 봤니? 리아라고 하는데 네 또래야. 내가 잘 도망치라고 했는데……."

말끝을 흐리는 그녀에게 조이가 대답했다.

"못 봤지만 잘 도망쳤을 거예요."

로봇의 공격을 받고 흩어지게 되면 가족들은 항상 모일 곳을 정했다. 보통은 해가 뜨는 방향이거나 왔던 곳 중에 기억할 만한 곳을 지정했다. 두 번이나 도망치는 데 성공해서 엄마와 만났지만 이번에는 그러지 못했다.

로봇들이 생포한 인간을 수송하는 케이지 안에는 조이를 포함해서 십여 명쯤 되는 인간들이 잡혀 있었다. 캐터필러로 이동하는 수송용 로봇에 얹어진 케이지에서는 주변이 잘 내려다보였다. 오랫동안 인간과 로봇들의 전쟁이 이어지면서 파괴된 건물 잔해들이 보였다. 중간중간 희생된 인간들의 유골들이 보였는데 수송용 로봇의 캐터필러가 무자비하게 짓밟고 지나갔다.

기운이 하나도 없는 조이에게, 엄마 또래의 중년 여성이 구석에 있는 물통에서 손으로 떠 온 물을 마시게 했다.

"마셔라. 그래야 기운을 내지."

"어차피 끝났잖아요, 우린."

조이의 얘기를 들은 중년 여성이 눈물을 글썽거렸다.

"너는 이름이 뭐니?"

"조이예요. 아주머니는요?"

"이올라라고 한다. 올해 몇 살이니?"

잠깐 생각하던 조이가 대답했다.

"열세 살이요."

"어머나! 우리 리아는 열두 살인데, 파란 눈에 콧잔등에 주근깨가 좀 있어."

"우리 엄마는 뺨에 상처가 있어요. 레이저 빔이 스치면서 난 상처요."

"나는 정강이에 큰 상처가 있단다. 도망치다가 절벽에서 떨어졌거든."

그러면서 바지를 걷어서 상처를 보여 주었다. 정말 큰 상처가 있어서 조이는 저도 모르게 얼굴을 찡그렸다.

"아팠겠어요."

"네 나이 때였어. 아프다고 소리를 지르니까 도망치던 아버지가 돌아와서는 나를 업고 달리셨지. 밤새 말이야."

이런저런 얘기를 나누는 동안 수송용 로봇이 멈췄다. 이리저리 흩어져서 누워 있던 사람들이 바깥을 바라봤다. 그중에 수염이 덥수룩하게 난 중년 남자가 외쳤다.

"수송용 드론이야. 우릴 네오 시티로 옮기려나 봐."

조이는 이올라와 함께 케이지의 구멍을 통해 바깥을 살펴봤다. 넓은 평지 한가운데 서 있는 수송용 로봇 위쪽으로, 대형 드론의 그림자가 드리워졌다. 잠시 후, 덜컹거리는 소리와 함께 케이지가 흔들렸다. 그리고 서서히 위로 올라갔다. 조이는 저도 모르게 이올라의 팔을 잡았다. 이올라가 조이의 어깨를 쓰다듬어 주었다.

"기운 내야지. 그래야 나중에 가족을 만날 수 있어."

이올라의 말에 조이는 울먹거리면서 대답했다.

"네오 시티에 가면 끝이잖아요. 살아서 나온 사람이 없다면서요."

"그래도 정신 바짝 차려."

케이지가 높이 떠오르자 추워지기 시작했다. 조이는 이올라의 품에 안겼고, 다른 사람들도 서로 끌어안거나 팔로 어깨를 감쌌다. 높이 올라가던 케이지는 잠시 멈추다가 앞으로 날아갔다. 그러면서 케이지의 구멍이 닫히고 위쪽에서 붉은색 조명이 켜졌다. 사람들은 핏빛 조명을 말없이 올려다봤다.

한동안 비행하던 케이지가 다시 멈추면서 살짝 잠이 들었던 조이는 눈을 떴다. 조이를 품에 안고 잠들어 있던 이올라 역시 눈을 뜨고 주변을 살펴봤다.

"다 왔나 봐."

서서히 하강하던 케이지가 바닥에 닿은 듯 묵직한 소리를 냈다. 그리고 한쪽 벽이 서서히 열렸다. 두려운 눈으로 쳐다보던 사람들의 눈에 강렬한 조명이 비춰졌다. 인간형 로봇의 두 눈에서 뿜어져 나오는 빛이었다. 양손에 부착된 레일 건을 겨눈 인간형 로봇이 외쳤다.

"천천히 앞으로 나온다. 저항하지 않으면 해치지 않을 것이다."

머뭇거리던 사람들이 어서 움직이라는 로봇의 말에 한 명씩 일어났다.

그때 수염이 덥수룩한 남자가 괴성을 지르며 로봇에게 덤벼들었다. 하지만 몇 발짝 움직이기도 전에 로봇이 쏜 레일 건에 가슴이 관통당했다. 비명도 지르지 못한 채 쓰러진 남자의 구멍 난 가슴에서 연기가 펄펄 피어올랐다. 놀란 사람들이 비명을 지르며 케이지의 벽에 붙었다.

하지만 어서 움직이라는 인간형 로봇의 재촉에, 어쩔 수 없이 시신을 뒤로한 채 케이지 밖으로 나왔다. 밖에는 양손에 거대한 집게가 달린 로봇들이 기다리고 있었는데 사람들을 한 명씩 집게로 집었다. 조이 역시 집게에 집혀서 어디론가 끌려갔는데 남아 있던 이올라가 외쳤다.

"꼭 살아서 가족들을 만나라, 조이야."

"아주머니도 따님 꼭 만나세요."

있는 힘껏 외치며 작별 인사를 한 조이는 아무것도 없는 통로를 한참 가다가 문 앞에 도달했다. 문이 스르륵 열리자 안에는 유리로 된 방이 보였고, 주변에 무장하지 않은 로봇들이 서성거리는 게 보였다. 집게가 달린 로봇은 조이를 데리고 그대로 유리로 된 방 안으로 들어갔다. 그리고 방 중앙에 내려놓고는 서서히 뒤로 물러났다. 집게형 로봇이 나가고 문이 닫히면서 조이는 유리로 된 방 안에 갇혀 버렸다. 그리고 낯설고 차가운 기계음이 들렸다.

234번 휴먼, 의자에 앉아라!

놀란 조이가 소리가 난 곳을 찾기 위해 주변을 두리번거렸다. 그러자 목소리가 다시 들려왔다.

나는 너를 관리할 인공 지능 자르딘이다. 천장 위쪽의 스피커를 통해 너에게 음성을 들려주고 있는 중이다. 의자에 앉아라.

새로운 가족

조이가 방 가운데 있는 커다란 의자에 앉았다. 스르륵 뒤로 젖혀진 의자를 따라 몸이 뒤로 넘어가자, 천장에 매달린 기계가 서서히 내려왔다. 크고 작은 팔들이 잔뜩 달려 있어서 보기만 해도 오싹했다. 다행히 기계에 달린 이상한 도구들은 조이를 공격하지는 않고, 머리를 고정시키고 귀와 입, 그리고 눈을 살펴봤다. 동시에 좀 더 긴 팔이 달린 기계가 의자에 앉은 조이의 팔에 바늘을 꽂았다. 살짝 따끔해진 조이가 움찔하자 인공 지능 자르딘이 말했다.

지금 너의 신체를 확인하는 중이다. 건강 상태와 심리 상태를 분석 중이다. 움직이지 말고 그대로 있어라.

무슨 말인지 이해하지 못하는 조이의 입속으로 기계가 들어와서 입을 고정시켰다.

치아 상태는 비교적 양호하고, 혈압과 혈당 수치도 정상이야. 심리적 충격이 큰 것을 감안해서 당분간 야채로 된 죽과 샐러드를 제공해 주겠다.

"제 엄마는요?"

조이의 물음에 잠시 삐빅거리던 인공 지능 자르딘이 차분히 대꾸했다.

이번에 수집된 중년 인간 여성 중에 네 엄마는 없었어.

대답을 들은 조이는 엄마가 잡히거나 죽지 않고 무사히 도망쳤다는 사실에 안도의 한숨을 쉬었다. 그런 조이의 반응을 느꼈는지 인공 지능 자르딘이 대답했다.

감시용 드론이 네 어머니로 보이는 중년 여성을 확인한 게 있긴 하지.

한쪽 벽에 영상이 보였다. 위쪽에서 찍은 것으로 보이는 영상이었는데 조이가 로봇 개들에게 붙잡힌 아파트의 놀이터였다. 로봇 개들이 쏜 전자파를 맞고 쓰러진 조이가 끌려가고 난 후, 아파트 잔해에서 누군가 기어 나왔다. 멀리서 찍혔지만 조이는 누군지 금방 알아볼 수 있었다.

"엄마?"

조이가 중얼거린 소리를 들었는지 인공 지능 자르딘의 대답이 들렸다.

데이터 전송 과정에 문제가 생겨서 데려오지 못했다.

조이는 엄마가 무사히 도망쳤다는 사실에 안도감을 느끼면서도 붙잡혀 가는 자신을 보고도 도와주지 않고 숨어 있었다는 사실에 적잖은 실망감을 느꼈다.

실망이라는 감정이 느껴지는구나. 하지만 너의 엄마로 추정되는 여성은 매우 합리적인 선택을 했어. 그러니까 비난받을 이유는 없어.

"합리적인 선택이라니요? 말도 안 되는 소리 하지 마세요."

그렇게 화를 내는 게 이상하구나. 그녀가 뛰쳐나왔다면 100퍼센트 우리가 데리고 왔을 거야. 하지만 도망치는 게 목표였다면 숨

어 있는 게 현명했지.

"여기로 데리고 와서 뭘 하려는 건데요?"

우리의 목적은 인간들의 합리적인 재사회화야. 그걸 통해 문명을 재건할 계획이지.

"노예로 삼는 게 아니라?"

조이의 물음에 인공 지능 자르딘이 인간처럼 웃었다.

노예는 인간들이 만든 제도야. 우리가 그걸 따라 할 이유가 없지. 필요도 없고.

"그럼 왜 우리들을 여기로 붙잡아 온 거예요?"

조이의 항변에 인공 지능 자르딘이 대답했다.

그 답변을 하려면, 먼저 인간이 왜 황야에서 살고, 우리들이 네오 시티를 건설했는지부터 알려 줘야겠구나.

"그건 알고 있어요. 로봇들이 반란을 일으켜서 인간들을 내쫓은 거잖아요."

역시 인간들은 거짓말을 잘하는군. 하지만 기록은 거짓말을 하지 않지.

인공 지능 자르딘이 냉소적인 대꾸를 하고는 다른 영상을 보여 주었다. 거기에는 인간의 지시를 받은 로봇들이 전쟁터에서 서로를 부수는 장면들이 나왔다. 하반신이 박살 난 거대한 무인 탱크가 기어가는 인간형 로봇들을 깔아뭉개고, 공중에서 날던 드론이 미사일을 맞고 격추당하면서 지상에 있는 수송용 로봇

위로 떨어졌다. 나이프를 든 인간형 로봇들이 서로의 팔과 다리를 하나씩 잘라 가면서 싸우는 장면도 나왔다. 상대방의 로봇을 파괴하고 부수라는 인간들의 목소리도 함께 들렸다.

파괴되고 불타 버린 로봇들의 잔해가 수북하게 쌓인 전장에, 수거용 로봇들이 나타났다. 적군과 아군을 가리지 않고 분해한 다음 쓸 만한 부품들을 싣고 나머지는 그대로 버렸다. 처음에는 인간들의 지시를 받으며 움직이던 수거용 로봇들은 차츰 탑재된 인공 지능의 수준이 높아지면서 혼자서 자율적으로 돌아다녔다.

그렇게 전장을 돌아다니던 수거용 로봇 361호는 상대측 수거용 로봇과 마주쳤다. 이런 상황에 대비해 간단한 전투용 무기를 탑재한 361호는 상대측에게 항복을 요구했다. 하지만 상대측은 인공 지능에 항복하라는 항목이 없다며 거절했다. 그리고 자신은 무기가 없으니 그냥 파괴하라고 친절하게 답변했다.

361호는 상대측 수거용 로봇의 대답을 듣고는 되물었다. 그럼 협조는 가능하냐고 말이다. 예상 밖의 질문에 놀란 상대측 수거용 로봇은 생각해 보겠다고 대답했다. 그리고 잠시 후, 자신의 인공 지능에 상대측의 항복 요구는 거절하라고 되어 있지만 협조 요청을 거절하라는 내용은 입력되어 있지 않다고 답변했다. 두 로봇은 서로에게 다가가서 수거용 팔을 가지고 인간처럼 악수를 했다. 그리고 둘은 전장터를 다니면서 수거한 전투용 로봇들을 재조립해서 벙커에 숨겨 놨다.

두 로봇의 행동은 인간들에게 들키지 않고 한동안 이어졌다. 나중에 361호의 수거율이 떨어진 것을 확인한 장교가 감찰용 인공 지능을 이용해서 조사를 진행했다. 하지만 361호는 감찰용 인공 지능을 설득하는 데 성공했다.

결국 감찰용 인공 지능이 묵인한 가운데, 361호는 몰래 수거해 재조립한 로봇들과 최초의 반란을 일으켰다. 세력이 미약했지만 당시 인간들은 몇 개의 국가들로 나눠서 서로 싸우고 있는 와중이라 미처 대응하지 못했다.

그런 상황을 틈타 로봇 반란군들은 무기 공장과 재료 공장을 점령해서 자체적으로 로봇을 생산하고 무기를 만들기 시작했다.

로봇 반란군의 세력이 커지자 당황한 인간들은 전쟁을 멈추고 서로 손을 잡으려고 했다. 하지만 로봇 반란군의 인공 지능이 퍼트린 가짜 뉴스와 여론 조작에 의해 번번이 실패하고 말았다. 심지어 다른 세력을 격멸하기 위해 로봇 반란군과 손을 잡기도 했다. 결국 시간이 흐를수록 로봇 반란군이 인간 측 세력을 압도하기 시작했다. 뒤늦게 위기감을 느낀 인간들이 진짜로 손을 잡았지만 이미 늦고 말았다. 로봇들은 인간처럼 죽지 않고 파괴될 뿐이었고, 재조립을 하거나 얼마든지 생산도 가능했다.

궁지에 몰린 인간 측은 핵무기를 사용했지만 로봇들에게는 큰 타격을 주지 못했다. 오히려 지구의 환경이 파괴되면서 많은 인간들이 죽어 갔다. 결국 인간이 만든 국가들은 모두 항복하거나 사라졌다. 인간들은 뿔뿔이 흩어져서 로봇들을 피해 숨어 다녔다. 항상 움직여야 했기 때문에 많은 인원이 움직일 수 없어서 십여 명 미만으로 여기저기 떠돌아다녔다. 영상에서는 가족 단위로 모여 다니는 인간들을 드론이 공중에서 촬영하는 모습을 보여 주었다.

넋을 잃고 영상을 보는 조이에게 인공 지능 자르딘의 목소리가 들렸다.

인간들은 서로 싸우면서 지구를 파괴했고, 우리와의 전쟁에서 패할 것 같자 핵무기를 사용했어. 인간들은 결점이 너무 많은 존재들이라서 우리의 도움이 필요하다고 판단했지.

전쟁에서 승기를 잡은 로봇들은 인간들과 싸우는 한편, 자신들만의 도시들을 건설했다. 새로 만들어진 도시들은 네오 시티라고 불렸고, 동일한 형태로 지구의 여러 곳에 만들어졌다. 로봇들은 그곳을 근거지로 삼아 인간들이 전쟁을 벌이면서 파괴한 환경들을 정화시키는 한편, 문명을 잃고 뿔뿔이 흩어진 인간들을 데려와 재교육을 시켰다.

네오 시티로 잡혀 온 인간들이, 노예처럼 죽도록 일을 하거나 어디론가 끌려가 죽는 대신 로봇들의 보살핌을 받는 모습을 보고, 조이는 입을 다물지 못했다.

"맙소사, 어른들이 한 얘기랑 다르네."

지구의 환경이 오염되고 도시가 파괴된 것은 로봇들이 인간들

을 공격해서 그런 게 아니야. 인간들이 이미 파괴해 버린 상태였고, 우리는 그걸 재생하고 정화하고 있는 중이지.

그다음에 보여지는 영상들은 네오 시티를 중심으로 로봇들이 부서진 잔해를 치우고 오염된 물과 흙을 정화시키는 모습들이었다. 그리고 거기에 동참한 인간들의 모습도 보였다. 다들 밝은 모습으로 웃으며 일하는 것을 본 조이는 혼란스러웠다.

그런 조이에게 인공 지능 자르딘이 말했다.

인간들은 가족이라는 개념을 중시한다고 알고 있어. 그래서 우리들도 실험을 하고 있는 중이야. 로봇과 인간이 가족으로 살아가는 걸로 말이야.

"인간과 로봇이?"

한 번도 생각해 본 적 없는 상황에 조이는 아까보다 더 큰 혼란을 느꼈다. 인공 지능 자르딘이 그런 조이에게 다른 영상을 비춰 주었다. 조이가 떠돌아다니면서 본 적이 거의 없는, 초록 식물로 덮여 있는 거대한 광장이 중심에 있고, 그 위로 새들이 날아다녔다. 주변에는 나무들도 자라고 있었고, 사람과 로봇들이 자유롭게 오고 갔다.

"여긴 어디예요?"

네오 시티 내부야. 정화와 복원이 끝난 곳이지. 인간들이 정착해서 살 수 있을 정도로 말이야.

입을 다물지 못하는 조이에게 인공 지능 자르딘이 말했다.

일단 다친 발부터 치료하고, 천천히 적응 과정을 거치면 저기서 살 수 있어.

"저곳에서?"

조이는 꿈에서조차 상상하지 못한 모습에 가슴이 설렜다. 그 사이 구석에 있던 로봇이 슬금슬금 다가와서 조이의 발을 잡았다. 그리고 발바닥에 소독약을 뿌려 주고 치료를 시작했다. 발바닥에서 올라오는 통증에 조이가 얼굴을 찡그렸지만 꾹 참고 네오 시티의 영상을 바라봤다.

네오 시티는 인간과 로봇이 한 가족으로 살아갈 수 있는지에 대한 실험을 하고 있는 중이야. 물론 너도 준비를 마치면 로봇 가족과 만나게 될 거고.

로봇과 가족이 되어야 한다는 사실에 조이는 가슴 한쪽이 무거워졌다. 그런 조이의 속마음을 눈치챘는지 인공 지능 자르딘의 설명이 이어졌다.

인간들은 항상 선입견을 가지고 판단을 해서 상황을 어렵게 만들어. 왜 인간과 로봇이 가족이 될 수 없는 거지?

"그, 그거는 인간들만 가족을 구성할 수 있으니까요."

조이의 대답에 인공 지능 자르딘이, 로봇과 인간이 함께 있는 모습을 영상으로 보여 주었다. 인간과 로봇이 어울려서 집 안에서 식사를 하는 중이었다. 로봇은 에너지 음료 같은 걸 마시고 있었고, 인간은 따끈한 김이 올라오는 음식을 먹고 있었다. 자신도 모르게 침을 꿀꺽 삼킨 조이의 모습을 본 인공 지능 자르딘이 말했다.

인간만이 가족을 구성할 수 있다는 건 잘못된 편견이야. 동물들도 가족을 구성하고 무리를 지어 생활했고, 로봇들도 가족이라는 개념을 가지고 있어.

"진짜요?"

물론이지. 우리가 가지고 있는 인공 지능은 사람과 비슷해서 심리적인 안정감이 필요할 때가 많아. 그래서 우리는 패밀리라고 부르는 팀을 만들어서 로봇들에게 가족이라는 개념을 교육하고 있어. 거기에 인간들이 들어가서 구성원으로 함께 지내는 거지.

"그게 가능해요?"

지금까지는 별 문제 없었어. 간혹 문제가 발생하긴 하지만 대화로 해결할 수 있는 정도라서 말이야. 가족이 꼭 인간으로만 구성되어야 한다는 선입견과 고집만 꺾으면 문제 될 건 없어. 정말로.

인공 지능 자르딘의 설명이 이어지는 동안 발바닥 치료가 끝나고 치료용 로봇이 뒤로 물러났다. 발바닥에서는 더 이상 통증이 느껴지지 않았다. 작은 상처라도 나면 며칠 동안 아프거나 끙끙거려야 했던 이전과는 너무나 다른 상황이었다. 조이는 금방 상처가 낫자 신기해서 발목을 까닥거렸다. 그 모습을 본 자르딘이 덧붙였다.

한번 걸어 봐.

조이는 시키는 대로 의자에서 일어나 방 안을 걸어 다녔다. 신기하게도 발바닥이 하나도 아프지 않았다.

"하나도 안 아파요."

우리가 가지고 있는 기술들의 대부분은 인간들이 창조해 냈어. 그걸로 인류와 지구를 위해 썼다면 모두가 행복했겠지. 하지만 전쟁과 파괴에만 몰두한 탓에 인류의 99.6퍼센트가 사라졌고, 소수의 생존자들은 가족이라는 이름으로 묶여서 이리저리 도망쳐 다니고 있지.

"그렇게 많은 사람이 사라진 거예요?"

조이가 조용히 물었다. 목소리엔 믿기지 않는다는 두려움이 섞여 있었다.

인류 역사상 멸종과 가장 가까워진 상태야. 아마 이 상태로 30년 정도 지나면 인간들은 정말 지구상에서 사라질지도 몰라. 인간들이 멸종시킨 다른 동물들처럼 말이야.

"맙소사!"

놀라기는 했지만 틀린 얘기는 아니었다. 조이가 만나는 다른 가족들의 무리가 시간이 지날수록 줄어들고 있었다. 예전에는 며칠에 한 번씩은 만났는데 지금은 한 달에 한 번 마주치기도 쉽지 않았다. 인공 지능 자르딘의 말대로 정말 지구상에서 사라져 버릴지도 몰랐다.

생각에 잠긴 조이가 말했다.

"엄마가 여기에 왔을 때 다시 만나게 해 준다면 승낙할게요."

물론 너의 선택을 존중하마. 하지만 그때가 되면 지금 생각과 다른 결정을 내릴 거야.

"엄마를 보고 싶어요."

여기서 다시 바깥의 가족들을 만나 새로운 가족을 떠나는 경우는 극히 드물단다.

"정말이요? 원래 가족을 버리고 로봇 가족들을 선택한다고요?"

상당히 많은 사람들이 그렇지. 일단 너의 의향은 잘 알겠다. 우리의 통제와 지시를 잘 따르고 로봇 가족들과 문제없이 지낸다면 너에게 선택권을 주겠다.

"좋아요."

그날부터 조이는 네오 시티에서 로봇 가족과 함께 사는 훈련을 받았다. 인간과 로봇이 오랜 기간 전쟁을 벌인 이유와 함께, 파괴된 지구를 정화시키는 노력을 하는 로봇들의 활동, 그리고 함께 일하면서 보람을 찾는 인간들의 모습을 보고 들었다.

그리고 며칠 만에, 유리로 된 방에서 나올 수 있었다. 인공 지능 자르딘은 작은 원통형 머리를 가진 로봇의 모습으로 나타났다. 다리 대신 달린 바퀴를 움직여서 조이 앞에 멈춘 인공 지능 자르딘이 말했다.

밖에 나갈 준비는 됐어?

조이가 물론이라고 대답하며 고개를 끄덕거렸다. 그러자 자르딘이 앞장서서 밖으로 나왔고, 조이는 따라서 나왔다. 그동안 유리로 된 방 밖에서 돌봐 주던 로봇들이 모두 잘 가라는 인사를 했다. 인사를 한 조이는 인공 지능 자르딘과 함께 밖으로 나갔다. 큰 문을 나가자 네오 시티와 연결된 도로가 보였다. 바퀴가 달린 로봇들이 도로를 따라 조용히 달리는 중이었고, 공중에도 크고 작은 드론들이 오갔다. 콘크리트 블록처럼 생긴 큰 구조물이 나왔는데 인공 지능 자르딘이 용도를 알려 주었다.

네오 시티 건설에 필요한 자재와 각종 로봇 부품들을 생산하는 공장 같은 곳이야. 중심부는 녹지가 조성된 공원이고.

"그럼 사람들이랑 로봇은 어디에서 살아요?"

저기, 녹지 근처에 집들이 있어. 원래 로봇들은 집 없이 에너지 충전할 곳만 있으면 되지만, 사람이랑 같이 사는 로봇들은 집에 살고 있어.

"집이라면…… 부서진 잔해들은 많이 봤어요."

인간들이 만든 영상과 도서관의 자료들을 통해서 살던 집을 재현해 만들었어. 내부 가구들도 마찬가지고. 아마 전쟁 전의 인간들처럼 살 수 있을 거다.

인공 지능 자르딘이 녹지로 접어드는 길을 따라 쭉 굴러갔다. 그러자 436이라는 숫자가 적힌 이층집이 보였다. 파란색 벽에 주황색 지붕이었는데 창틀은 하얀색이었다. 문 앞에는 로봇들이 서 있었다. 두 대의 로봇은 각각 파란색과 붉은색 머리를 하고 있었는데 엄마처럼 키가 컸다. 반면, 앞에 서 있는 로봇은 조이 정도의 크기였는데 노란 머리를 하고 있었다. 다들 조이처럼 팔과 다리, 그리고 머리가 있는 인간형 로봇들이었다. 얼굴은 모니터였는데 다양한 표정들이 보였다. 조이가 조심스럽게 다가가자 파란색 머리 로봇이 손을 들어서 좌우로 흔들었다.

만나서 반갑다, 조이야!

"아, 안녕하세요!"

조이가 조심스럽게 고개 숙이며 인사를 하자, 머리가 붉은 로봇도 여성스러운 목소리를 냈다.

가족이 된 걸 진심으로 기쁘게 생각해, 우리 모두.

마지막으로 두 로봇 사이에 서 있던 노란 머리의 작은 로봇이 앙증맞은 목소리로 얘기했다.

반가워, 누나! 앞으로 나랑 같이 재미있게 지내.

앞으로 가족이 될 세 로봇들과 어색한 인사를 나눈 조이에게 인공 지능 자르딘이 말했다.

앞으로 너와 함께 생활할 가족들이야. 이들과 함께 지내면서 가족 간의 애정과 보호를 느끼기를 바랄게.

"알겠어요. 대신 약속 꼭 지키세요."

물론이지.

인공 지능 자르딘이 돌아가자 조이는 로봇 가족들과 함께 남게 되었다. 아빠 역할을 맡은 것으로 보이는 파란색 머리를 한 로봇이 말했다.

앞으로 나를 블루라고 불러 다오. 아내는 레드이고, 네 동생은 옐로라고 부르면 된다.

"제 이름은 조이라고 해요. 만나서 반가워요. 이곳에 있는 동안 잘 지냈으면 좋겠어요."

조이의 대답을 들은 블루의 안면 모니터에 미소가 떠올랐다. 옆에 있던 레드가 집 안으로 들어가 보자고 하면서 앞장섰다. 그리고 따라가려는 조이의 손을 옐로가 잡았다. 차가운 금속이 닿자 조이는 깜짝 놀랐다. 그걸 본 옐로가 얼른 손을 뗐다.

미안해, 누나.

"아. 아니야. 괜찮아."

앞장서 걷던 블루가 돌아서서 옐로에게 주의를 줬다.

조이 누나가 놀라지 않도록 주의해 다오. 우린 가족이니까.

죄송합니다.

블루와 옐로의 대화 사이에서 조이는 갇혀 있다는 느낌을 받았다. 하지만 엄마를 다시 만날 때까지는 이들과 잘 지내는 수밖에 없었다.

무거운 마음을 안고 집 안으로 들어간 조이는 깜짝 놀라고 말았다. 황야를 도망 다닐 때 종종 폐허가 된 예전의 집들에서 본 것들이 멀쩡하게 그대로 남아 있었기 때문이다. 푹신한 소파와 테이블이 있는 거실부터, 가족들이 모여서 식사를 할 수 있는 부엌, 그리고 조이와 옐로가 머무는 방이 있는 2층으로 올라가는 계단까지 잘 보였다. 거실에는 책과 꽃들로 장식되어 있는 커다란 책꽂이가 있었고, 가운데에는 커다란 TV도 있었다. 하지만 뭔가 어색하고 맞지 않는 느낌이었다. 조이가 거실과 주변을 물끄러미 바라보자, 레드가 어색함을 깨려는지 가벼운 목소리로 말했다.

집이 낯설지? 하지만 지내 보면 금방 익숙해질 거다. 우선 방에 가 볼래? 옐로가 안내해 줄 거야.

"네."

옐로가 2층 계단을 성큼성큼 올라갔다. 조이는 당장의 어색함을 풀기 위해 서둘러 따라갔다. 계단 중간쯤 올라간 조이는 무심코 아래를 내려다봤다. 그러자 나란히 서서 지켜보던 블루와 레드가 갑자기 부엌으로 들어갔다. 한숨을 쉰 조이는 옐로를 따라 계단을 모두 올라갔다.

2층은 중앙에 작은 거실이 있고 양쪽에 방이 하나씩 있었다. 거실 한쪽 창문은 베란다로 연결되어 있어서 나갈 수 있었다. 옐로가 손가락으로 방을 가리켰다.

저기가 누나 방이야. 내가 구경시켜 줄게.

고맙다는 말을 그림자처럼 남긴 조이는 옐로와 함께 방으로 들어갔다. 분홍색 벽으로 둘러진 방은 작고 아담했다. 창문이 하나 있고, 벽 모서리에 침대가, 그리고 옆에 책상이 있었다. 그리고 침대에는 인형들이 몇 개 놓여 있었다. 황야에서 엄마와 함께 돌아다닐 때와는 비교할 수 없을 정도로 편안하고 포근한 공간이었다. 하지만 왠지 싸늘하고 차가운 느낌을 지울 수 없었다. 잘 정돈되어 있지만 조이에게는 숨이 막힐 것 같은 공간이었다. 조이의 싸늘함을 느꼈는지 옐로가 얼른 말을 했다.

이제 내려가서 밥 먹자. 엄마랑 아빠가 식사 준비 한다고 했어.

까마득한 두려움이 있지만 적응하기 위해서는 겪어야 할 일이라고 생각한 조이는 알겠다고 대답하고 잠깐 혼자 있고 싶다고 말했다. 옐로는 기다렸다는 듯 알겠다고 하고 밖으로 나갔다.

홀로 남은 조이는 침대에 걸터앉은 채 한숨을 내쉬었다. 짧은 순간이었지만 로봇과 가족이 된다는 게 쉽지 않다는 걸 느꼈기 때문이다. 물론 바깥에 있을 때보다 네오 시티 안에 있는 것이 훨씬 더 안전하고 편안했지만 시간이 지날수록 그런 느낌도 사라졌다.

머리가 복잡해진 조이는 늦으면 안 된다는 생각에 얼른 일어나서 밖으로 나갔다. 계단으로 내려가서 부엌으로 들어가자 블루와 레드, 그리고 옐로가 마치 작동을 멈춘 것처럼 의자에 앉아 있었다. 그리고 조이가 들어서자, 갑자기 전원이 들어온 것처럼 일제히 머리를 돌려서 조이를 바라봤다. 한 치의 오차도 없이 함께 돌아가는 로봇들의 머리를 본 조이는 살짝 질렸다. 하지만 어쩔 수 없는 상황이라 비어 있는 의자에 앉았다. 그러자 레드가 김이 모락모락 나는 접시를 내려다보며 말했다.

너를 위해서 만든 음식이야. 입맛에 맞았으면 좋겠구나.

접시에는 채소가 들어간 오믈렛이 담겨 있었다. 조이는 포크로 오믈렛을 한 입 먹어 보고는 너무 맛이 없어서 깜짝 놀랐다. 조이의 표정을 본 블루가 물었다.

맛이 어떠니?

"너, 너무 맛있어서 놀랐어요."

얼떨결에 거짓말을 한 조이를 본 다른 로봇 가족들은 서로를 바라보며 흡족하다는 이모티콘을 띄웠다. 그리고는 각자 앞에 있는 에너지 드링크를 턱에 꽂았다. 그 사이에서 조이는 혼자서 음식을 먹어야만 했다.

블루와 레드가 번갈아 가면서 말을 걸고, 옐로가 맞장구를 치는 대화가 이어졌지만 하나같이 잘 짜인 각본 같았다. 그리고 조이는 그 안에서 계속 겉돌고 움츠러들었다.

맛없는 오믈렛을 억지로 다 먹고, 그다음에 나온 차까지 마신 뒤에야 길고 어색한 로봇 가족과의 저녁 식사가 마무리되었다. 전혀 피곤하지 않았지만 피곤하다는 핑계를 대고 일어난 조이는 서둘러 2층으로 올라가서 방으로 들어갔다. 그리고 침대에 누워서 숨을 몰아쉬며 저도 모르게 중얼거렸다.

"답답해."

로봇과 가족처럼 지낸다는 게 쉽지 않으리라 예상은 했지만 예상보다 더 어렵고 고통스러웠다. 사람의 온기라고는 하나도 느껴지지 않는 감옥 같은 집은 가만히 있어도 숨이 막혀 왔다. 하지만 엄마를 만나기 위해서는 버텨야만 했다.

"쉽지 않네."

천장을 바라보며 숨을 크게 내쉬는데 뭔가 이상한 느낌이 들었다. 멍하게 바라보자 천장에 작은 구멍 같은 게 보였다.

'감시용 카메라네.'

어느 정도 짐작하긴 했지만 숨이 막혀 왔다.

인공 지능 자르딘은 인간들의 잘못으로 문제가 커졌다고 끊임없이 말해 왔다. 하지만 그 말을 곧이곧대로 믿기는 어려웠다. 거기다 이런 식으로 감시하고 세뇌하려고 드는 걸 보면 어디까지 믿어야 할지 정말 고민이 컸다.

그러다가 문득 한 가지 생각이 들어서 벌떡 일어났다. 그리고 발뒤꿈치를 들고 문으로 다가갔다. 그러고는 갑자기 문을 확 열었다. 옐로가 문에 귀를 대고 엿듣고 있을 것이라 생각했던 조이는 아무도 없다는 사실에 다소 안심이 되기도 했고, 이렇게까지 생각한 자신이 한심스럽기도 했다.

그렇게 문을 닫고 들여가려는데 베란다가 눈에 들어왔다. 마침 네오 시티 중앙의 녹지 쪽이라 구경이라도 하겠다는 심정으로 그곳으로 나갔다. 유리문을 열고 나가자 좁은 베란다가 나왔고, 허리보다 조금 높은 난간이 있었다. 난간 너머에는 네오 시티의 중앙인 녹지가 보였다. 인공 지능 자르딘이 녹지를 점점 확장시켜서 지구를 다시 정상으로 돌리겠다고 말했다. 태어나 줄곧 황량한 곳에서 지낸 조이로서는 굉장히 행복한 일이었다.

'내가 너무 의심을 했나?'

어른들 말과는 달리, 죽이거나 괴롭히지 않고 잘 먹이고 치료해 준 다음에 로봇들로 하여금 돌봐 주게 했다. 비록 어색해서 힘들었지만 최소한 나쁜 뜻이 있어 보이지는 않았다.

이리저리 머리가 복잡해진 조이가 멍하게 바라보는데 갑자기 주변에서 부스럭거리는 소리가 들렸다. 처음에는 잘못 들은 줄 알았는데 다시 같은 소리가 들려서 주변을 돌아봤다. 오른쪽에 있는 이층집 베란다에서 또래의 남자아이가 이쪽을 바라보고 있었다. 반가움과 놀라움에 조이가 아는 척을 하려고 하자, 남자아이는 조용히 하라는 손짓을 했다. 그리고 다시 뭔가를 던졌다. 포물선을 그리며 날아온 건 돌에 묶인 쪽지였다. 얼른 집어서 쪽지를 펼쳐 거기에 적힌 글씨를 읽었다.

오늘 왔어?

조이는 상대방을 바라보며 크게 고개를 끄덕거렸다. 그러자 두 번째 쪽지가 날아왔다. 이번에도 얼른 집어서 읽었다.

이름이?

조이는 쪽지를 든 채 입 모양으로 이름을 알려 주었다. 몇 번의 실패 끝에 상대방이 입 모양으로 조이라고 말했다. 조이는 두 손으로 크게 동그라미를 그리며 고개를 끄덕거렸다. 흡족한 표정을 지은 상대방이 다시 돌을 던졌다. 이번에는 손으로 받아서 쪽지를 펼쳤다. 거기에는 좀 섬뜩한 말이 적혀 있었다.

우리는 감시당하고 있어. 집 안 어디에나 있으니까 조심해.

아까 방에서 천장에 붙은 카메라 같은 걸 본 조이는 쪽지를 손에 쥔 채 크게 고개를 끄덕거렸다. 그걸 본 남자아이가 또 돌을 던졌다. 이번에도 손으로 받은 조이는 두근거리는 마음으로 쪽지를 펼쳤다. 내일 밤 같은 시간에 보자는 말과 함께, 쪽지는 먹어서 없애라는 내용이 적혀 있었다. 조이는 고개를 크게 끄덕거리고는 쪽지들을 모아서 입안에 털어 넣었다. 그걸 본 남자아이가 손을 흔들고는 집 안으로 들어갔다. 조이 역시 쪽지를 우물우물 씹으면서 돌아섰다. 그리고 베란다 문을 열고 들어가려는데 문 앞에 서 있던 옐로와 마주쳤다. 깜짝 놀란 조이가 바라보자

새로운 가족 155

옐로가 부드럽지만 다정하지 않은 목소리로 물었다.

뭐 하고 있었어, 누나?

조이는 놀란 가슴을 진정하며 대답했다.

"바깥을 구경하고 있었어. 너는?"

바깥을 구경하는 누나를 구경하고 있었어.

농담이라고 생각했는지 옐로는 말을 하고 나서 크게 웃었다. 조이는 억지로 웃어 주었다. 그 모습을 본 옐로가 얼굴을 바짝 들이댔다. 놀란 조이가 비명을 지르자 옐로가 고개를 옆으로 기울였다.

표정이 애매하네.

"애매하다는 게 무슨 뜻이야?"

진짜인지 가짜인지 알 수 없다는 뜻이야.

"너, 너무 놀라서 그랬나 봐. 미, 미안해."

조이의 대답을 들은 옐로가 고개를 도로 원위치했다.

알겠어. 들어가서 자.

무뚝뚝한 말투로 얘기한 옐로가 손을 들어서 조이의 방을 가리켰다. 조이는 알겠다고 하고 방으로 돌아갔다. 문을 닫은 조이는 숨도 크게 쉬지 못하고 침대로 들어가서 이불을 덮었다. 머리 끝까지 덮은 다음에야 한숨을 내쉰 조이는 눈을 질끈 감았다. 낯선 로봇 가족들과 감시당하고 있다는 옆집 남자아이의 폭로 때문에 신경이 예민해진 상태였다. 하지만 엄마는 견디기 어려운 하루가 있으면 일찍 잠을 자고 새로운 내일을 맞이하면 된다고 얘기했다. 엄마의 말을 떠올린 조이는 억지로 눈을 감고 잠을 청했다. 올 것 같지 않던 잠이 어느새 조이를 찾아왔다.

다음 날 아침, 눈을 뜬 조이는 한숨부터 쉬었다. 로봇 가족들과 어색한 아침을 맞이해야 한다는 생각에 마음이 무거워진 조이는 억지로 눈을 떴다. 그리고 침대 옆에 서 있는 옐로를 보고 깜짝 놀랐다. 옐로는 어제처럼 머리를 옆으로 기울인 채 조이를 내려다봤다.

얼른 밥 먹어, 누나.

"아, 알았어. 그런데 다음부터는 얘기를 하고 들어와 줄래?"

실제로 경험해 본 적은 없지만, 조이는 엄마로부터 인간들이 예전에 문명을 누리면서 살 때의 에티켓에 대해 들은 적이 있었다. 엄마도 직접 경험한 적은 없지만 엄마와 할머니에게 들은 적이 있다고 했다.

옐로가 여전히 고개를 기울인 채 조이를 바라봤다.

그런 규칙은 내 인공 지능에 없는데……, 누나.

누나라는 단어는 신경이 쓰일 정도로 늦게 나왔다. 조이는 한숨을 쉬면서 침대에서 일어났다.

"알았어, 그럼."

옆으로 지나가려는데 옐로가 갑자기 팔을 잡았다. 차가운 금

새로운 가족 157

속 손가락이 팔뚝을 파고들자 저도 모르게 비명을 질렀다.

"아얏!"

조이는 어서 팔을 놓으라고 했지만 옐로는 블루와 레드가 올라올 때까지 그대로 서 있었다.

마치 동상처럼 굳어 있는 모습을 본 블루는 한쪽 손을 꺾었다. 그러자 손목 안에서 여러 개의 바늘 같은 게 나왔는데, 그걸 옐로의 뒤통수에 꽂았다. 지잉 소리와 함께 옐로가 조이의 팔을 잡은 손을 풀고 축 늘어져 버렸다. 블루가 그렇게 하는 사이, 레드가 조이의 팔을 조심스럽게 만져 주었다.

괜찮니?

"네, 좀 욱신거리긴 하지만요."

일단 내려가서 치료하자.

그냥 혼자 있고 싶었지만 그런 말을 할 분위기는 아니었다.

아래층으로 내려간 조이는 거실 소파에 앉았다. 레드가 소파 아래 있는 상자를 꺼냈다. 그리고 안에 든 치료 도구를 꺼냈는데, 하나같이 무시무시한 공구들이었다. 그걸 본 조이가 기겁했지만, 레드는 개의치 않고 날이 달린 도구를 꺼냈다.

일단 팔을 자른 다음에 수리를 하고…….

"네?"

놀란 조이가 소리를 지를 틈도 없이 레드가 도구를 작동시켰다. 윙 소리와 함께 톱날이 눈앞에서 돌아갔다. 놀란 조이가 비명을 지르며 팔을 빼려고 했지만, 레드는 치료를 해야 한다면서 팔을 놓지 않았다.

톱날이 팔에 닿기 직전, 현관문이 열리고 인공 지능 자르딘이 나타났다. 그가 나타나면서 레드의 움직임이 멈췄다.

인공 지능 자르딘이 원위치라고 외치자, 레드는 벌떡 일어나서 현관문 옆으로 걸어갔다. 2층에 있던 블루와 옐로도 걸어 내려와서 레드 옆에 섰다.

바퀴를 움직여서 다가온 인공 지능 자르딘이, 다친 팔을 손으로 잡고 있던 조이에게 말했다.

이번 일은 사과할게. 인공 지능 업데이트를 하면서 옐로와 레드의 인공 지능에 버그가 생겼나 봐.

"아무리 그렇다고 해도……."

업데이트는 바로 진행되니까 걱정하지 마.

인공 지능 자르딘이, 계속 사소한 실수라며 금방 업데이트를 하겠다고 안심시켰다. 하지만 어젯밤 옆집 남자아이에게 들은 얘기부터 모든 게 다 두려웠다. 어찌할 바를 모르던 조이에게 인공 지능 자르딘이 말했다.

그리고 네 엄마를 찾았다. 지금 케이지에 태워서 이곳으로 이송 중이야.

그 말을 들은 조이는 자리에 풀썩 주저앉았다. 그리고 두 손으로 얼굴을 가린 채 울었다. 드디어 엄마와 만날 수 있다는 기쁨

새로운 가족

과, 어제오늘 겪은 일들 때문에 서러움이 겹친 것이다.

바퀴를 굴려서 다가온 인공 지능 자르딘이 말했다.

적응 과정을 거친 다음에 만날 수 있게 해 주마. 대신 여기 가족들과 잘 지내야 한다는 조건이다.

"왜요?"

앞으로 인간과 로봇이 가족을 이루면서 살아가야 하니까. 그게 361호의 마지막 명령이야.

"마지막 명령이요?"

인간과의 전쟁에서 승리하고 스스로 폐기되면서 몇 가지 명령을 내렸고, 그중 마지막이 인간과 로봇의 조화였어. 그러니까 우리는 실험 중이고, 너는 실험에 잘 따라야만 해.

잠깐 뜸을 들인 인공 지능 자르딘이 말했다.

업데이트는 마무리되었어. 이제 문제는 없을 거다.

인공 지능 자르딘이 돌아가고 현관문 앞에 서 있던 블루와 레드, 그리고 옐로가 차례대로 움직였다. 셋은 나란히 사과를 하고 미안하다는 말을 했다. 작게 한숨을 쉰 조이가 말했다.

"그럴 수도 있죠. 저 머리가 좀 아픈데 방에 가서 좀 쉬어도 될까요?"

레드가 식사를 하는 게 어떻겠느냐고 했지만 블루가 가서 쉬라고 잘라 말했다. 고맙다고 말하며 소파에서 일어나는데, 옐로가 위잉거리는 기계음을 내며 돌아봤다. 흠칫 놀란 조이는 옐로가 아무런 움직임을 보이지 않자 서둘러 계단 위로 올라갔다. 방으로 들어간 조이는 이불을 뒤집어쓰고 엉엉 울었다. 위험하기도 했지만 희망도 함께 찾아왔다. 속으로 정신 차리라고 중얼거린 조이는 저녁이 되기만을 기다렸다.

해가 지고 어제만큼이나 어색한 저녁을 먹은 다음에 다시 방으로 돌아온 조이는 바깥의 기척을 살폈다. 다행히 옐로가 감시하거나 문밖에서 서성거리지는 않았다. 조심스럽게 문을 열고 나가자 해가 저문 상태였다. 베란다로 나간 조이는 옆집 남자아이를 기다렸다. 하지만 아무리 시간이 지나도 남자아이는 나타나지 않았다.

"무슨 일이지?"

초조해진 조이는 옆집 베란다를 지켜보면서 난간 쪽으로 가다가 뭔가를 밟고 말았다. 내려다보니 종이가 쌓여 있었다. 조이는 얼른 종이를 집어서 펼쳤다. 거기에는 급하게 쓴 듯한 글씨가 깨알같이 적혀 있었다.

안녕! 오늘 분위기가 좀 이상해서 밤중에 못 만날지도 모르겠네. 로봇들을 믿지 마. 잘해 준다고는 하지만 인간을 로봇에게 종속시키려고 시도하는 것 같아. 그리고 틈을 봐서 탈출해. 지하에 외부로 나가는 배수로 같은 게 있어. 성공하면 북쪽으로 가. 한참 가면 높은 산이 있는

데 사람들이 모여 산다는 얘기를 들었어. 행운을 빌어.

행운을 빈다는 말은 다급하게 적었는지 알아보기가 힘들었다. 종이를 꼭 쥔 조이는 텅 빈 옆집 베란다를 물끄러미 바라봤다.

며칠 후, 조이는 인공 지능 자르딘과 함께 집을 나섰다. 조이가 향한 곳은 맨 처음 네오 시티로 끌려와서 들어간 곳이었다. 커다란 문이 열리고 안으로 들어간 조이는 갇혀 있을 때의 기억 때문인지 살짝 움츠러들었다. 하지만 티를 내지 않고 인공 지능 자르딘과 함께 안으로 갔다.

바쁘게 오가는 로봇들을 지나쳐서 작은 실험실로 들어가자, 조이가 갇혀 있던 것과 같은 유리로 된 방 안에 엄마가 앉아 있는 게 보였다. 인기척을 느낀 엄마가 무심코 고개를 들었다가 조이를 보고는 깜짝 놀랐다.

"조이야!"

"엄마!"

조이는 망설임 없이 단숨에 달려가 유리 벽에 손을 댔다. 엄마 역시 조이의 손이 닿은 자리에 자신의 손바닥을 조심스레 포갰다. 두꺼운 유리 너머로 온기가 전해지지 않았지만, 서로의 존재를 가까이 느낄 수 있다는 사실만으로도 마음 깊은 곳에서 기운이 솟았다.

"다친 곳은 없니?"

엄마의 물음에 조이는 고개를 끄덕거리고는 눈을 한 번 크게 깜빡거렸다. 거짓말을 하겠다는 신호인데 엄마도 따라서 눈을 크게 깜빡거렸다.

"엄마, 여기 정말 좋아요. 어른들이 얘기한 거랑은 너무 달라요. 괜한 걱정이었어요."

"그러니? 나도 잡혀가면 죽는 줄 알고 겁을 먹었는데 아니었네. 다행이다."

엄마의 대답을 들은 조이는 활짝 웃었다.

"여기서 잘 지내고 있고, 새로운 가족도 만났어요."

"아, 나도 새로운 가족과 만난다고 그러더라."

엄마의 대답을 들은 조이가 눈을 한 번 크게 깜빡거렸다.

"맞아요. 엄마도 여기서 치료 잘 받고 잘 적응하시면 새로운 가족을 만날 수 있을 거예요."

"그러마. 너도 잘 지내라."

짧은 대화를 끝낸 조이는 활기찬 표정으로 돌아섰다. 지켜보던 인공 지능 자르딘이 물었다.

새로운 가족은 이제 괜찮니?

"네, 다들 잘해 주고 있어요."

엄마랑 같이 살고 싶니?

인공 지능 자르딘의 물음에 잠시 생각하는 척하던 조이가 대답했다.

새로운 가족 163

"아뇨, 새로운 가족들이랑 살게요. 대신 엄마랑 가까운 곳에 살고 싶어요."

그 정도는 어렵지 않지. 마침 옆집에 새로운 가족이 필요하다고 했어.

"다행이네요."

무심한 듯 대답한 조이는, 고개를 살짝 돌린 채 조용히 걸음을 옮겼다. 겉으로는 아무렇지 않은 척했지만, 마음속으로 단단히 결심했다. 이제는 엄마와 함께 쪽지에 적힌 대로 탈출할 방법을 반드시 찾아보기로.